나는
번아웃 없이
살기로 했다

나는 번아웃 없이 살기로 했다

독서 코칭 전문가들이 전하는 '균형 잡힌 삶'에 관한 이야기

초 판 1쇄 2024년 12월 16일

지은이 감요셉, 구숙경, 김원영, 김정은, 김혜진, 나혜영, 백경원, 서가영, 유소정, 이하나
펴낸이 류종렬

펴낸곳 미다스북스
본부장 임종익
편집장 이다경, 김가영
디자인 임인영, 윤가희
책임진행 김요셉, 이예나, 안채원, 김은진, 장민주

등록 2001년 3월 21일 제2001-000040호
주소 서울시 마포구 양화로 133 서교타워 711호
전화 02) 322-7802~3
팩스 02) 6007-1845
블로그 http://blog.naver.com/midasbooks
전자주소 midasbooks@hanmail.net
페이스북 https://www.facebook.com/midasbooks425
인스타그램 https://www.instagram.com/midasbooks

© 감요셉, 구숙경, 김원영, 김정은, 김혜진, 나혜영, 백경원, 서가영, 유소정, 이하나, 미다스북스
2024, *Printed in Korea*.

ISBN 979-11-6910-968-0 03810

값 19,000원

미다스북스는 다음세대에게 필요한 지혜와 교양을 생각합니다.

나는
번아웃 없이
살기로 했다

독서 코칭 전문가들이 전하는 '균형 잡힌 삶'에 관한 이야기

감요셉 구숙경 김원영 김정은 김혜진
나혜영 백경원 서가영 유소정 이하나

미다스북스

┌─ 서가영

"빨간 꽃 노란 꽃 꽃밭 가득 피어도 하얀 나비 꽃 나비 담장 위에 날아도 따스한 봄바람이 불고 또 불어도 미싱은 잘도 도네 돌아가네. 흰 구름 솜 구름 탐스러운 애기 구름 짧은 셔츠 짧은 치마 뜨거운 여름 소금 땀 비지땀 흐르고 또 흘러도 미싱은 잘도 도네 돌아가네."

이 노래를 아시나요? 유명한 노래라서 아마 가사를 읽으면서 흥얼거릴지도 모릅니다. 신나는 노래지만 가사를 곱씹어보면 마음이 아려옵니다. 우리나라의 사계절은 뚜렷하고 찬란합니다. 마음의 여유를 가지고 경치를 둘러본다면 걸작이 한두 개가 아니지요. 알록달록 다양한 꽃들이 만개한 따스한 봄날 나비는 평화로이 하늘을 날고 있고 거기에 마음을 살랑이게 하는 봄바람까지 분다면 완벽하지요. 그런데 그런 날에도 미싱은 계속 돌아간다고 하네요. 아름다운 단어들 사이 시끄러운 기계 소리라니 뜬금없다 싶지만, 이런 묘한 부조화의 비밀은 가파르게 성장한 우리나라에 있습니다. 365일 재봉틀을 돌리던 그 시대 청춘들은 실 먼지 가득한 공장 안에 갇혀 사계절의 아름다움을 보는 여유를 누리지 못했습니다. 가난하다고 해서 사랑을 모르지 않는다고 울먹이던 수많은 청춘과 먹고 사는 게 어려워 공장으로 가 재봉틀을 돌리던 소녀들의 희생 덕분에 우리는 개발도상국에서 벗어났습니다. 이제는 선진국 대열에 올랐고 K-문화는 입소문을 타고 전 세계적으로 퍼지고 있습니다. 최근 미국에서는 한국 간식과 아이돌 굿즈를 받아보는 구독 서비스가 인기일 정도로 한국의 문화를 즐기는 세계인들이 늘어났습니다. 반기문 총장으로 대표되던 대한민국의 유명인도 이제는 다양한 분야에서 열 손가락이 부족할 정도로 많아졌지요. 이제 젊은 청춘들은 나라를 위해서 희생하지 않고 각자의 꿈을 위해 반짝여도 됩니다. 그런데 우리는 과연 행복해졌나요? 선진국 대열에 올랐지만, 여전히 행복지수는 하위권입니다. 우리는 여전히 행복을 갈구하고 있습니다.

세상이 변하고 편리한 생활이 찾아왔지만, 현대인들은 여전히 바쁩니다. '바쁘다 바빠 현대사회'라는 말은 여전히 유행처럼 퍼지고 있고 빠르게 변화하는 세상을 뒤쫓아 가느라 발바닥이 아플 지경입니다. 인공지능에 일자리를 빼앗기지 않으려면 정신까지 바짝 차려야 하지요. 개발도상국 시절

앞만 보고 달려 온 선조들의 가르침으로 성실하게 살고자 했고 자기 계발을 열심히 하는 삶이 옳은 삶이라고 생각했습니다. 그러나 우리는 이제 하루 종일 공장에서 돌아가는 미싱처럼 살아가지 않아도 됩니다. 과거 우리나라에 비해 경제적 여유를 얻은 것은 분명하니까요. 공장의 미싱은 멈추었지만, 마음속 미싱은 끊임없이 움직이는 걸까요? 현대사회의 발전 속도에 비례하여 마음의 병을 가진 현대인들이 많아졌습니다. 봄이 되면 벚꽃이 흩날리는 날 공원에 돗자리 깔고 누워 김밥을 먹기도 하고 여름이면 푸르른 녹음 사이에서 얼음장 같은 계곡물에 발도 담가 봅니다. 가을이면 사랑하는 사람과 팔짱 끼고 바스락 낙엽 위를 걸으면서 산책도 하고 연말이면 각자 크리스마스를 행복하게 보낼 계획을 하며 설렙니다. 이 수많은 여유를 가지고 있으면서도 왜 행복하지 않다고 생각하는 사람들이 많을까요? 일과 삶 사이에서 균형을 잡지 못하고 고꾸라지거나 아슬아슬 외줄타기하는 사람들이 생겼고 우리는 이런 사회 현상에 문제의식을 느끼게 되었습니다. 행복한 삶을 살기 위한 여러 가지 방법을 골몰히 생각하게 되었고 사회적 흐름에 따라 힐링의 방법 또한 다양해졌지요. 각 분야의 상담사들은 매년 늘어나고 있고 마음의 병이 생기면 터놓을 수 있는 전문가들을 찾는 방법도 예전에 비해서 손쉬워졌습니다. 하지만 우리는 마음의 병이 생겨 누군가의 도움을 받기 전에 스스로 행복해지고 만족하는 삶을 살고 싶습니다. 내 삶의 주인은 나이기 때문이지요.

"행복이란 마음이 편안해지는 나의 사람들과 그럭저럭 잘 지내는 것입니다. 그러기 위해서는 우선 나와 잘 지내야 하지요."

오은영 박사는 〈집사부일체〉라는 프로그램에서 행복을 이렇게 정의했습니다. 타인과 잘 지내기 위해서는 우선 나와 잘 지내야 합니다. 내가 어떤 사람인지 잘 알고 내면의 목소리에 귀 기울이며 관심을 가져야 하지요. 인생의 기준을 타인의 시선에 두지 않고 자신에게 두라는 말과 같은 의미입니다. 나는 어떤 성향의 사람인지, 무엇을 좋아하고 싫어하는지, 무엇보다 나의 약점과 취약한 부분은 무엇인지를 알아야 나 자신을 이해할 수 있습니다. 마주하고 싶지 않은 나의 한계들도 마주해 보세요. 그것을 인정하면서 살아가야 무너지지 않고 살아갈 수 있습니다. 그리고 나에게 편안함을 주는 사람들과 그럭저럭 지내야 합니다. 처음 들었을 때는 '그럭저럭'이라는 말이 의아하게 느껴질 수도 있어요. 우리는 누구와도 잘 지내야 하고 무엇이든 잘해야 한다고 생각하기 때문이지요. 그렇지만 모든 것을 다 잘할 수는 없습니다. 일에서도 마찬가지입니다. 너무 잘하려고만 애쓴 나머지 지쳐갑니다. 내 인생에서 '잘'이라는 단어를 지워보세요. 잘해야겠다는 부담을 내려두고 그럭저럭 살아가 봅시다.

많은 사람이 일과 생활 사이에서 균형을 갖춘 '워라밸'의 삶을 선망합니다. '워라밸'이라는 것이 과연 일을 적게 하고 많이 쉰다는 것을 의미하는 것일까요? 만약 주 5일 근무가 일반적인 요즘 시대에 주 4일 근무가 도입 된다면 우리 삶은 행복해질까요? 아마 '워라밸'은 일과 생활 둘 중에서 하나에 치우치지 않고 적절한 비율로 삶의 만족도를 높이는 것일 겁니다. 너무 완벽히 하려고 애쓰지 말고 그럭저럭 나도 돌보아 가면서 일을 해야 합니다. 생활 환경은 계속해서 변할 수 있고 우리는 거기에 적응해서 살아갑니다. 그렇다면 일을 하는 물리적 시간과 쏟는 열정과는 별개로 나만의 행복을 찾아야 합니다. 여러 역할을 동시에 해내야 하는 바쁜 사회 속에서도 나를 잃어버리지 않고 일상을 균형 있게 살아가야 합니다.

이 책의 작가 열 명은 모두 자신만의 색깔로 학원을 운영하는 원장이며 책을 통해 아이들의 성장을 돕는 독서 코칭 전문가입니다. 아이들이 책을 읽으며 사물을 바라보는 시각을 넓히고 글을 쓰며 생각을 충만하게 채우는 활동의 가치를 중요하게 생각합니다. '워라밸'을 이루기 위해서는 일에 대한 애정이 있어야 한다고 합니다. 우리는 이 일의 가치를 잘 알고 그 속에서 행복을 얻고 있습니다. 무슨 일이든 마찬가지겠지만 아이들을 대하는 일은 특히나 책임감이 있어야 합니다. 아이들에게 지금보다 더 나은 안내자가 되기 위해서는 선생님이 아닌 나를 잊어서는 안 되지요. 글을 쓰는 동안 치열하게 고민하고 표현해 보았습니다. 내 인생의 주인으로서의 나에 대해서, 앞으로 아이들에게 선한 영향력을 줄 수 있는 선생님으로서의 나에 대해서. 바쁜 일상에서도 번아웃을 겪지 않았거나 혹은 번아웃을 이겨낸 사람들은 내가 좋아하는 것을 알고 일상에서 누리고 사는 사람들입니다. 작가 열 명 모두 같은 일을 하지만 좋아하는 것도 다르고 삶에서 중요시하는 가치 또한 다양합니다. 나만의 방법으로 일상에서 균형을 잡고 살아가고 있지요. 열 가지 이야기를 읽으며 나답게 살아가는 것은 어떤 것인지 마음속으로 떠올려 보세요. 그리고 질문해 보세요. 혹시 일과 삶 사이에서 균형을 잡지 못하고 휘청이고 있지는 않은가? 혹시 나를 잃어버리며 살고 있지는 않은가? 이 책이 지치지 않고 나답게 살아가고자 하는 여러분들의 삶에 따스한 응원이 되었으면 합니다.

1장

나를
잃어버린
사람들

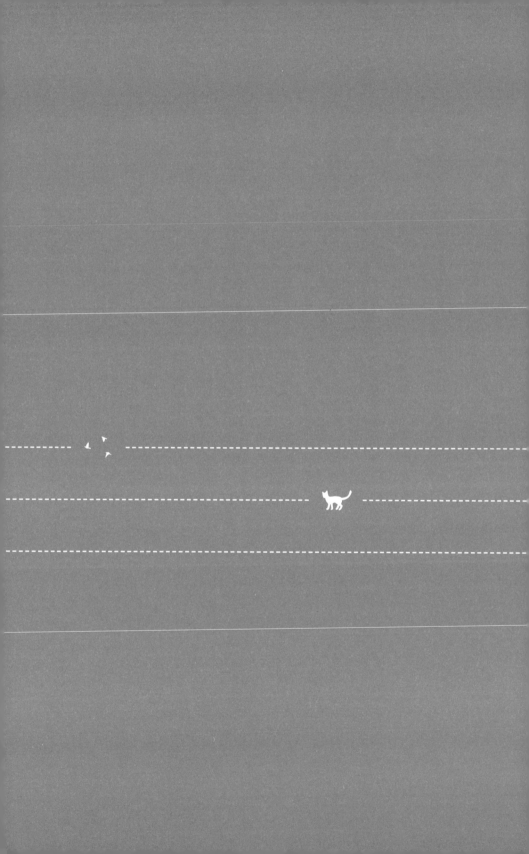

당신은 힙한 사람인가?

감요섭

'텍스트힙'이라는 말을 아는가. 텍스트힙은 말 그대로 활자를 뜻하는 '텍스트'와 멋지다는 뜻의 '힙'이 합쳐진 신조어이다. '책을 읽는 행위의 멋스러움' 또는 '책을 읽는 사람은 멋지다' 정도의 의미를 담고 있다. 남녀노소를 불문하고 현대인들의 영상 콘텐츠 시청 시간이 늘어났다. 그로 인해 현대인의 문해력 저하 현상은 계속해서 화제가 됐다. 처음에는 초등학교 학생들의 문해력이 심각한 수준이라며 '초등 문해력'이라는 키워드가 한동안 뜨겁게 떠올랐다. 그런데 최근에는 성인 독서율이 역대 최저치를 기록하는 등 성인들의 문해력 수준 또한 심각하다는 이야기도 주변에서 쉽게 들을 수 있다.

그런데 흥미롭게도 최근에는 젊은 'MZ세대' 사이에서 독서가 유행이라고 한다. 독서를 즐기는 사람을 힙한 사람으로 평가하는 분위기가 퍼지면서 책을 읽는 사람도 조금씩 증가하고 있다고 한다. 자신이 힙한 사람임을 보여주기 위해 SNS에 자신이 읽는 책을 촬영하여 올리고, 느끼고 생각한 것을 짧게라도 써서 올리는 사람들이 많아졌다. 게다가 텍스트힙을 함께 즐기자는 분위기가 퍼지면서 온라인과 오프라인을 가리지 않고 독서 모임이 많아지고 있다. 그 결과 성인들의 연간 평균 독서량이 최저치를 기록했다는 2023년 국민독서실태조사에서 20대의 독서율은 74.5%로 전 세대에서 가장 높은 수치를 기록하였다.

텍스트힙을 즐기는 사람들은 다양한 목적을 가지고 책을 읽는다. 누군가는 지식 습득을 위해서, 또 누군가는 여가시간을 즐기기 위해서, 그리고 SNS 친구들에게 읽고 있는 책을 보여주며 자신의 일상과 관심사를 표현하는 사람들도 있다. 어떤 사람들은 다양한 사람들과 소통하기 위해 독서 모임에 참여하여 책을 읽고 대화를 나눈다. 다른 사람들과 함께 책을 읽으며 대화를 나누면 사고와 관점을 확장하는 즐거움을 느낄 수 있기 때문이다. 최근에는 독서로 자기계발에 힘쓰며 성장과 발전을 지향하는 사람들이 많다. 서점에 가 보면 확실하게 알 수 있다. 베스트셀러 코너에는 국내, 해외 작가를 가리지 않고 자기계발 분야의 도서들이 항상 상위권을 차지하고 있다.

점점 많은 사람들이 책과 담을 쌓는 시대에 텍스트힙의 유행은 환영할만한 현상이다. 왜 이런 현상이 생기게 되었을까? 영상 콘텐츠가 우리 삶을 잠식하면서 현대인들은 점점 자신을 잃어버렸다. 영상 콘텐츠는 빠르게 소비되고 금방 유행이 바뀐다. 현대인들은 자기도 모르는 사이에 영상 콘텐츠가 만들어 내는 유행과 화젯거리에 주목하게 된다. 그럴수록 자신에 대해서 생각할 시간을 잃어버린다. 결국 자기가 무엇을 좋아하는지, 원하는지, 어떤 사람이 되고자 하는지 모른 채 살아가게 된다.

특히 숏폼 콘텐츠는 현대인들에게 아주 치명적이다. 나도 알고리즘이 추천해주는 영상을 하나 클릭했다가 숏폼 콘텐츠를 연달아 시청하느라 두세 시간을 허무하게 보낸 적이 한두 번이 아니다. 최근에는 많은 뇌 과학자들이 과도한 영상 시청으로 인해 '도파민 중독'에 빠지는 현상 대한 우려를 나타내고 있다. 숏폼에는 자극적인 콘텐츠가 아주 많다. 인간은 더 많은 도파민을 위해 더 자극적인 콘텐츠에 빠진다. 우리가 영상 콘텐츠에 중독될수록 자기 자신을 잃어버릴 가능성이 커진다. 그만큼 자기 자신에 대해 생각할 시간이 없기 때문이다.

한편 책 읽기는 일종의 자기표현이자, 자기 자신을 알아가는 과정이다. 특정 분야의 책을 집중해서 많이 읽고 있다면 그것이 나의 관심사가 된다. 그런 의미에서 SNS에 책 사진을 찍어 올리는 것이 더 유행했으면 좋겠고, 세대를 뛰어넘어 보다 많은 사람들이 동참하면 좋겠다는 생각이 든다. 처음에는 SNS에 올리기 위해 가볍게 시작해도 괜찮다. 독서 경험이 쌓일수록 자신이 무엇을 좋아하고 원하는지 분명하게 알 수 있다. 또한 책을 읽으며 만나게 되는 수많은 인물과 이야기를 통해 자신의 정체성과 가치관을 형성할 수 있다. 읽으며 생각한 바를 글로 정리하거나 곧바로 실행으로 옮긴다면 그만큼 성장하고 발전할 수 있다.

그러므로 자신이 영상 콘텐츠에 많이 노출되어 있다고 생각하는 사람이라면 점검해봐야 한다. 영상 콘텐츠를 무분별하게 시청하면서 점점 자신을 잃어버리고 있는 것은 아닌지. 조금이라도 그런 생각이 든다면 지금 이 순간이 바로 책을 펼쳐야 할 때이다. 바람직한 유행은 따라가도 괜찮다. 건강한 사람은 텍스트힙을 즐길 줄 아는 사람이다. 건강하고 튼튼한 현대인이 되기 위해서는 책을 읽어야 한다. 나 자신을 잃어버린다는 것은 건강을 잃어버리는 것과 같다. 건강하고 튼튼한 사람은 어떤 사람일까? 신체뿐만 아니라 정신적으로도 건강한 사람이다. 현대인이 책을 읽지 않는다는 것은 그만큼 스마트폰을 들여다보는 시간이 많다는 것을 의미한다. 스마트폰을 적절하게 잘 활용하지 못하면 신체와 정신의 건강을 모두 잃어버릴 수 있다.

당장 독서를 시작할 수 있는 방법이 있다. 인터넷 서점에 접속해 요즘 인기 있는 책들을 살펴본다. 그리고 관심이 가는 책은 메모해 두었다가 오프라인 서점이나 도서관에 가서 읽어본 후 마음에 든다면 구매하거나 대여해서 읽으면 된다. 끝까지 읽지 않아도 괜찮다. 관심이 가는 부분, 필요한 부분만 읽어보는 것도 좋다. 대여한 책을 또 읽고 싶은 마음이 든다면 구매하는 것을 추천한다. 자신에게 딱 맞는 책은 책장에 두고 몇 번을 읽어봐도 유익하기 때문이다. 그렇게 몇 번 반복하다 보면 책장에 책이 쌓이게 될 것이다. 그 책들은 자신에게 많은 영향을 주었을 것이다. 독서 과정에서 책은 나의 일부가 되었을 것이고 나를 성장시켰을 것이다.

나 또한 독서를 통해 나 자신을 발견했다. 교과서를 제외하고는 책을 전혀 읽지 않다가 고등학교 때 역사책에 푹 빠졌다. 역사를 좋아하게 된 이후 한동안 역사책만 골라 읽었다. 학습을 목적으로 읽었을 뿐만 아니라 여가 시간에도 재미있어 보이는 역사책을 찾아 읽었다. 그리고 대학을 졸업하고 사회생활을 시작하면서 자연스럽게 에세이에 관심을 가지게 되었다. 다양한 사람들의 삶이 궁금해서 그들의 경험이 담긴 이야기를 많이 읽었다. 꾸준히 책을 읽다 보니 30대에는 문학과 철학으로 독서 범위가 확장되면서 나의 관심사와 가치관이 크게 변화되었다. 읽은 책이 한 권, 두 권 쌓일수록 나와 타인과 세상을 이해할 수 있었다.

나는 독서 경험을 쌓으며 정신적으로 건강한 사람이 될 수 있었다. 여전히 가끔은 숏폼 콘텐츠에 빠져 허무하게 두세 시간을 허비할 때도 있지만, 그럴 때마다 다시 정신을 차린 후 읽을 책을 고르고, 읽고, 생각하며, 실행하는 삶을 꾸준히 살기 위해 노력하고 있다. 나에게 독서가 없었다면 갈수록 복잡해지는 현대 사회에서 나 자신을 잃어버리고 말았을 것이다. 주변을 살펴보면 많은 사람들이 영상 콘텐츠가 만들어 내는 유행을 따라가기 바쁘다. '알고리즘의 노예'가 되어 '도파민 중독' 상태에 빠지고 생각하기를 포기하며 자기 자신을 잃어버리고 있다.

독서를 즐기는 힙한 사람들이 계속 많아지면 좋겠다. 그러기 위해서는 텍스트힙 열풍이 일시적인 유행으로 끝나지 않고 오래 지속되길 바란다.

MZ세대를 넘어 모든 세대에 텍스트힙 바람이 불면 좋겠다. 결국 독서를 즐기는 사람이 점점 많아져 독서가 모든 세대를 아우르는 하나의 문화로 자리매김하길 바란다. 더 많은 사람들이 SNS에 자신이 읽는 책을 올리고 생각을 나누는 모습을 기대한다. 주변에 더 많은 독서모임이 생기고 남녀노소를 불문하고 많은 사람들이 참여하면 좋겠다. 그래서 독서 경험을 쌓으며 자신을 발견하고 나답게 살아가는, 정신적으로 건강한 현대인이 많아지는 사회를 꿈꾼다.

아들에게 많은 걸 양보한 딸들에게

구숙경

학창 시절의 나는 종종 웃는 모습이 예쁘다는 말을 들었다. 별로 듣고 싶지 않았던, 착하게 생겼다는 말과 함께. 얼굴은 내가 봐도 못생겼다. 다행히 못생긴 얼굴에 비해 인상은 나쁘지 않았다. 연예인 중에 얼굴은 참 예쁜데 웃는 모습이 어색하거나 인상이 차가운 연예인들도 있지 않은가? 나는 계란형 얼굴도 아니고 눈코입이 예쁘지 않아도 밖에만 나가면 늘 웃고 있었으니 웃는 모습이 예쁘다는 말을 자주 들은 것이다. 그땐 나도 몰랐다. 집에서는 웃질 않았는데 밖에만 나가면 웃고 있었다는 것을.

거기엔 숨겨진 비밀이 있었다. 내가 어렸을 적에는 '딸 아들 구별 말고 둘만 낳아 잘 기르자.'라는 표어가 학교 복도에 붙어 있을 정도로 과출산 시대였다. 아들 낳으려다 딸만 다섯인 집도 있었다. 우리 집처럼 남매만 있는 경우는 드물었다. 친구들은 대부분 언니나 여동생이 있어서 심심해하지 않았다. 하지만 나는 늘 심심하고 외로웠다. 그때는 학원도 많지 않았다. 동네에 한두 개 정도 있었다. 오빠는 주산 학원도 다녔고, 과외도 했다. 중학생이 되자 영어 공부해야 한다고 카세트와 영어 테이프까지 때맞춰 사 주곤 했다. 나는 어땠을까? 학원 한번 다닌 적 없다. 한창 재미있게 놀던 중에 친구가 피아노 학원 가야 할 시간이라고 해서 따라가 본 적은 있다. 나는 시간이 남아돌았다. 학교에서 합창단에 들어가고 싶어도 합창복 살 돈이 없으니 안 된다고 했고 걸스카우트도 마찬가지였다. 걸스카우트 복장을 한 친구가 얼마나 예쁘던지! 참 부러웠다. 정작 오빠에게는 다니기 싫다고 하는 학원을 꾸역꾸역 고집스레 보냈다. 나의 아버지는 9남매 중 일곱째였다. 자식이 많으면 뒷바라지 다 못해준다고 둘만 고집하셨는데 그 뒷바라지는 오빠 한정이었다. 단 하나도 내 건 없었고 내가 할 수 있는 건 없었다.

고등학교 때의 일이었다. 아침 일찍 등교해서 야간자습하고 집에 오면 열 시였다. 지금처럼 학교 급식이 없던 때였다. 그래서 학생들은 도시락을 두 개 싸서 가지고 다녔다. 도시락 반찬으로 의기양양하기도 의기소침하기도 했다. 어느 날 아침, 계란말이 냄새가 났다. 나도 모르게 점심시간에 친구들과 모여 앉아 콧노래 부르며 도시락 뚜껑 여는 상상을 했다. 기분이 좋았다. 나는 부엌문을 열고 목을 쭉 빼 김이 모락모락 나는 계란말이를 보았다. 오빠 도시락이 먼저 채워졌다. 그건 나도 당연하게 생각했다. 오빠의 반찬통에 계란말이가 거의 다 채워지고 곧 내 반찬통에 계란말이가 들어갈

차례였다. 나는 오빠에게 7개, 내게 3개를 넣어도 하나도 기분 나쁘다거나 따져 물을 생각 따윈 하지 않았다. 늘 그래왔으니까. 하지만 엄마는 마지막 한 개까지 오빠의 반찬통에 꾸역꾸역 채워 넣었다. 곧 터질 지경이었지만 아랑곳하지 않았다.

"엄마, 나는?"
"네 건 없는데. 김치 넣어 줄게."

나는 알고 있었다. 대들어 봐야 소용없다는걸. 그 당시 함께 밥 먹던 친구들이 참 고마울 수밖에 없다. 그뿐만이 아니다. 엄마가 아버지나 오빠 때문에 화가 나면 내가 긴장했다. 불똥이 언제 내게 튈지 모르니까. 자연히 집에서는 말수도 적었다. 그러니 친구들을 만나면 너무 좋았다. 집이 아닌 곳에서는 억울하지 않아서, 외롭지 않아서 잘 웃었다. 누군가가 나에게 늘 해맑게 웃는다고 했다. 하지만 이런 반전이 있으리라고는 절대 생각하지 못할 것이다.

시간이 흐르고 나는 결혼을 했다. 결혼식 날 나는 웃었고, 엄마는 펑펑 우셨다. 왜 그렇게 우신 걸까? 아들에게는 할 수 없었던 화풀이를 더 이상 할 데가 없어진다고 생각하니 걱정되셨을까? 아니면 미안해서였을까? 결혼 후 엄마는 나를 놓지 못하고 나에게 본인의 희생을 자처하셨다. 내가 필요할 때 주지 않던 사랑을 그제야 주겠다고 말이다. 김치를 담가 주고 밑반찬을 해주고 자꾸 뭐든 해준다고 했다. 독립을 할 수 없게 마음의 짐을 지우면서. "내가 너 말고 누가 있니?", "그래도 네가 있어서 다행이다." 한술 더 떠서 "아들은 하나면 된다. 아니 하나도 필요 없다. 딸이 있어야지. 딸 하나 더 있으면 좋았을걸." 이런 말들로 나를 붙잡으신다. 월요일이 다가오는 일요일 5시쯤 되면 어김없이 찾아오는 게 있다. 바로 '일요일 5시 우울증'이다. 그 시간에도 엄마는 "왜? 더 있다 가라. 거기 편히 누워라."라고 하신다. 빨리 집에 가서 한 주를 달릴 에너지를 비축해야 하는데, 단 한 번도 직장 생활을 못 해보고 살림만 살았던 엄마가 그것을 알 리가 없다. 평일에 일하랴, 애들 뒷바라지하랴, 집안일 하다 보면, 일요일만큼은 푹 쉬고 싶다는 그 간절한 마음을 모르신다. 그저 하소연 들어 주는 딸을 계속 옆에 두고 싶으신 거다. 이십 년이 넘게 똑같은 레퍼토리로 말이다. 거기엔 자신이 받았던 아들과 딸 차별 이야기도 있다. 나보다 훨씬 심하다. 돈 벌어서 외삼촌 뒷바라지하느라 시집갈 때 혼수를 못해가 할머니와 큰어머니에게 구박받은 내용이다.

　　오륙십 대 여성 중에는 나 같은 딸이 적지 않다. 그때 그 시절 가부장적인 아버지 때문에 힘들어했던 친구도 많았다. 나는 엄마 이야기로, 친구들은 아버지 이야기로, 우리는 무슨 큰 비밀이라도 공유하는 것처럼 각자의 억울함을 속닥속닥 털어놓고는 했다. 그런 '위안의 시간'들이 있어서 참 다행이었다. 시간이 흘러 학교에서 양성평등을 가르쳤고, 지금은 양성평등이 너무나 당연하게 여겨지는 시대가 되었다. 요즘에는 아들과 딸, 남자와 여자의 역할을 강요하지 않는다. 차별도 거의 사라졌다. 그저 우리 나이대의 몇몇 딸들에게만 남아 있다. 여전히 아들에겐 어려워서 하지 않는 푸념과 정서적인 의지는 딸들의 몫이다. 나도 그렇다. 나는 아직도 온전히 나를 위해서 살지 못하고 엄마의 딸로 살고 있다. 나를 잃어버린 채 말이다.

좋은 부모는 사랑으로 자식을 찾아오게 만든다. 나쁜 부모는 죄책감으로 자식을 떠나지 못하게 만든다. 내가 만약 이십 대나 삼십 대, 한창 꿈꾸고 있던 시절로 돌아갈 수 있다면, 엄마가 가는 길은 엄마의 선택이고, 내가 가는 길은 나의 선택이라고 말할 것이다. 하지만 지금의 내겐 불가능하다. 너무 늦었다. 엄마가 연로하시기 때문이다. 아들과 딸 차별 세대의 끝자락에서 내가 할 수 있는 건 나보다 훨씬 더 차별받았을 엄마를 품어주는 것이라고 마음을 다잡아 본다. 지금은 관점을 바꾸어서 생각해야 한다. '그런 엄마를 둔 나는 어떻게 살아야 할까?'로 말이다.

나는 한 번씩 꿈꾼다. 다시 태어난다면 엄마의 엄마로 태어나고 싶다고. 그렇게 된다면 엄마에게 사랑을 듬뿍 줄 것이다. 따뜻한 말도 많이 해줄 것이다. 가엾은 엄마는 누리지 못했을 것 같으니까. 그래서 사랑하는 방법도 몰랐을 테니까. 못해도 '괜찮다.', 덜해도 '수고했다.', 하고 싶은 것 있으면

'용기 내봐.'라고 말해줄 것이다. 자신을 위한 삶을 살라고 말이다. 마치 아들에게 많은 걸 양보하고 산 예전의 딸들에게 하는 말처럼.

현실과 육아에 갇힌 나

김원영

"꿈이 무엇인가요?"

어린 시절 누구나 한 번쯤 들어봤을 질문이다. 나는 이 질문을 받을 때마다 늘 답하기 어려웠다. 그때는 꿈이란 당연히 '직업'이라 생각했다. 어른들이 좋다 하는 직업을 나의 꿈으로 여긴 채 학창 시절을 보냈다. 나는 막연하게 안정적인 직업을 가져야겠다고 생각했다. 그렇게 생각한 이유는 힘들었던 내 학창 시절과도 관련이 있다.

어린 시절 은행원이셨던 아버지 슬하에서 남부럽지 않은 어린 시절을 보냈다. 하지만 아버지가 퇴직 후 시작한 사업이 부도가 나면서 그동안 당연하게 여겼던 안정적인 일상들이 무너지기 시작했다. 나의 탓도 부모님의 탓도 아니었지만, 이 일은 나의 학창 시절에 큰 영향을 끼쳤다. 한창 사춘기였던 나는 친구들에게조차 내 사정을 말하기 어려웠고 현실을 원망할 수

밖에 없었다. 그렇게 나의 속마음을 깊이 감춰둔 채 주변 사람들에게는 나를 항상 밝은 모습으로 포장하기 바빴다. 그런 상황 속에서 내가 진짜 무엇을 하고 싶은지 진지한 고민의 시간도 갖지 못하고 현실과 상황에 맞춰 묵묵히 하루하루를 살았다.

'어쩔 수 없지 뭐.', '내가 그렇지 뭐.'

그 시절 내 마음속을 항상 채우고 있는 생각이었다. 시간이 흘러 대학교를 졸업할 즈음, 나는 꿈을 이루는 것 보다 안정적인 직장을 찾는 것이 더 시급하다고 느꼈다. 내가 꿈을 좇는다는 건 사치라고 생각했다. 현실에 안주하며 핑곗거리만 찾는 내 모습이 너무나 싫었다. 일터에서는 아무렇지 않게 웃으며 일했다. 하지만 집으로 돌아와서는 생각이 많았다. '내가 진짜 하고 싶었던 일일까?' 자신에게 되물으며 잠자리에 드는 일을 반복했다.

그렇게 나는 사회에 맞춰진 규격화된 계획표대로 살았다. 20대에는 대학 생활과 취업 준비를 하고, 30대에는 직장생활을 하며 결혼해 가정을 이루고, 40대에는 좋은 집과 차를 소유하며 아이들과 행복하게 사는 것이 당연한 순서라고 생각했었다. 하지만 그렇게 사회가 정해놓은 틀에 맞춰 살아가다 보니, 어느 순간 결혼과 육아 속에서 나 자신을 잃어가고 있다는 것을 깨달았다. 편안한 마음으로 충분히 잠을 자지도 못한 채 하루살이처럼 하루에 집중하는 삶을 살아가며 남들처럼 나도 보통의 삶을 사는 것으로 생각했다. 눈에 넣어도 아프지 않을 아이들과 함께 행복하면서도 전쟁 같은 날들을 보내며, 아이들의 웃음에 내 모든 노력이 보상받는 듯한 기분을 느끼곤 했다. 두 아이의 엄마로서 아이들이 웃는 모습을 다시 보기 위해 수고하는 것은 당연한 일로 느껴졌고, 나를 위한 시간은 그저 사치일 뿐이라고 생각했다. 아이들이 잠든 시간만이 나에게 가장 소중하고, 나를 돌볼 수 있는 유일한 시간이라 여겼다. 하지만 나도 모르는 사이에 점점 지쳐가고 있었다. 첫째는 연년생으로 태어난 동생 때문에 엄마를 빼앗겼다고 느꼈는지 나에 대한 애착이 더욱 커졌다. 게다가 둘째는 신생아 시절에 자다가 자주 분수토를 하곤 했다. 혹시라도 잠든 사이에 무슨 일이 생길까 봐 깊은 잠을 자지 못하고, 토막잠을 자며 아이를 지켜봐야 했다. 작은 소리에도 예민해질 수밖에 없었다. 연년생 아이들이 동시에 안아달라고 울어댈 때는, 막막함에 나도 모르게 같이 울어버리는 일도 많았다. 엄마만 찾는 아이들을 피해 세탁실에 잠시 숨기도 하고, 답답함에 숨이 막힐 것 같아 베란다 창문을 열고 머리를 내밀며 큰 숨을 쉬기도 했다. 아이들과 함께 있을 때는 편하게 앉아서 밥을 먹는 것조차 사치였다. 한 아이는 안고, 또 다른 아이는 업으며 오롯이 혼자 감당해야 했다. 육아는 내 몸과 마음을 완전히 지치게 했다. 가정을 이루고 아이를 양육하는 일은 분명 소중한 것이었지만, 그 과정에서 내가 진정으로 원하는 것이 무엇인지, 내가 누구인지에 대한 고민은 점점 뒤로 밀려났다. 매일 반복되는 일상 속에서 '나'라는 존재는 희미해져 갔고, 결국 나는 내가 누구였는지조차 잊어버린 채 살아가고 있었다.

시간이 지나 아이들이 어린이집에 다니면서, 나에게 집중할 수 있는 무언가를 하고 싶다는 생각이 들었다. 항상 아이들과 함께 지내다가 막상 혼자가 되니, 할 일이 없어진 듯한 공허함이 찾아왔다. 갑자기 주어진 시간이 너무 길게 느껴졌고, 마치 빠르게 돌아가던 시계가 멈춘 것처럼 나의 일상도 멈춘 것 같았다. 그러다 우연히 아이들의 책 읽기를 지도하는 일을 시작했다. 책으로 둘러싸인 작은 공간에서 반짝이는 눈으로 책을 읽는 아이들을 보며 신기하기도 하고 뿌듯했다. 책을 함께 읽고 아이들과 생각을 공유한 후 자기 생각을 담은 글을 쓰도록 돕는 이 일이 어느 순간 따스한 행복으로 다가왔다.

아이들과 함께하는 이 일은 단순한 교육 그 이상이었다. 매일 책을 읽으며 아이들이 눈을 반짝이며 이야기에 몰입하는 모습을 보는 순간, 삶의 의미를 되찾은 것 같았다. 아이들이 책 속의 한 문장을 곱씹으며 자신의 경험을 나누는 모습을 보며, 나 역시 나 자신을 되돌아보기도 했다. 아이들이 자신만의 언어로 세상을 표현한 글을 들고 와 수줍게 읽어줄 때면, 그 순수하고 창의적인 모습에 마음이 벅차올랐다. "선생님, 이런 생각을 해봤어요!"라고 말하며 자신만의 시각을 펼치는 모습을 보면, 내가 이 아이들 곁에 있다는 사실이 얼마나 감사한지 깨달았다.

가장 큰 행복은 아이들과의 교감에서 비롯되었다. 아이들의 눈높이에서 생각하고, 그들의 이야기에 귀를 기울이며 함께 웃고 고민하는 시간이 쌓여갈수록 나 역시 성장하고 있음을 느꼈다. 이 일이 단순히 누군가를 돕는 역할이 아니라, 나에게도 따스한 위로와 희망을 주는 일이었다.

지친 마음으로 시작했던 이 일이, 이제는 내 삶을 다시금 밝게 비추는 등불이 되었다. 아이들의 성장 속에서 나 역시 성장하고, 그들의 꿈을 응원하며 내 꿈도 더욱 단단히 다져나가고 있다.

40대가 된 지금 비로소 나에게 질문을 한다. 아내가 아닌, 아이의 엄마가 아닌, 진짜 내 꿈이 무엇인지. 나이가 들수록, 많은 것을 스스로 포기한다. 그래서 '이젠 늦었어.'라는 말이 무의식적으로 마음속에 자리 잡고, 새로운 도전을 꿈꾸는 것조차 두려워진다. 하지만 40대는 끝이 아니라 오히려 새로운 시작의 출발점이다. 인생의 절반을 지나오며 더 많은 경험을 쌓았고, 나를 더 깊이 이해했다. 어쩌면 40대가 되면 비로소 진정으로 원하는 것이 무엇인지 깨닫게 될 수도 있다. 내가 진정으로 원하는 삶을 살아갈 용기가 샘솟는 시기, 남의 시선보다 나의 목소리에 귀를 기울일 수 있는 시기가 바로 지금이다. 그래서 나는 지금 새로운 도전을 하고 있다. 멋지게 시작하지 않아도 괜찮다. 중요한 것은 그 길을 묵묵히 가고 있다는 것이다. 지금은 어떤 길이든 꿈꾸는 방향으로 한 발짝씩 걸어가는 용기가 필요하다. 40대에도, 아니 50대, 60대에도 나에게 주어진 기회는 무궁무진할 것이기 때문이다.

나도, 당신도 늦지 않았다. '무엇을 하고 싶나요? 무엇이 되고 싶나요?' 나는 오늘도 질문한다. 아직 늦지 않았으니 당신도 고민만 하지 말고 내가 진정 원하는 것이 무엇인지 생각해 보고 행동으로 옮겨보자.

꿈꾸기에 가장 젊은 오늘

김정은

아이들을 가르치는 일을 10년 넘게 하다 보니 자연스레 아이들의 꿈을 물어볼 때가 많다. "너의 꿈은 뭐야?"라고 물어보면 꿈이 너무 많아 걱정이라는 아이도 있고, 반짝이는 눈망울로 부끄러운 듯 조심스레 자신의 꿈을 건네는 아이도 있다. 아이들에게는 지금 꿈이 없다 해도 아직 무궁무진한 기회가 기다리고 있겠지만, 나에게는 그런 꿈들이 신기루처럼 멀게만 느껴진다. 어릴 적 내가 꿈꿨던 원대한 꿈들은 이미 과거 한구석 빛바랜 추억처럼 희미하다. 지금 내가 꿈꾸는 것은 그저 건강한 것, 안정된 노후, 오래 일할 수 있는 환경 같은 것들이다. 나이가 한 살씩 더해질수록 미래를 꿈꾸는 시간보다 걱정의 시간이 늘어가고 지금 주어진 내 모습을 보며 과거의 나를 자책하기에 바쁘다. 대부분 어른이 되면 정해진 시기가 있는 것도 아닌데 다시 꿈꾸기를 주저한다. 하지만 우리는 여전히 꿈꾸기에 늦지 않았다.

어릴 적 나는 승무원이 되고 싶기도 하고, 라디오 작가를 꿈꾸기도 했으며, TV 드라마에 나오는 주인공 같은 사랑을 꿈꾸며 어른이 되면 뭐든 다이룰 수 있다고 믿었다. 하루빨리 어른이 되고 싶었던 내가 마주한 현실의 벽은 높고 차가웠다. 꿈이 마냥 반짝거리지만 않다는 것을 안 것은 20대 초반이었다. 가고 싶은 대학 진학에 실패했고, 20대 초반의 사랑은 처절했으며, 뒤늦게 시작한 항공사 취업의 길은 멀기만 했다. 대부분 10대는 공부하느라 제대로 꿈을 찾기 어렵고 대학에 들어가 졸업과 동시에 취업해야 그래도 성공했다고 이야기한다. 돌이켜 보면 아무것도 이루지 않아도 그저 찬란하고 예쁜 시기인데 왜 속도에만 신경 쓰며 그 시기를 누리지 못하는 걸까. 한국 사회는 유독 나이에 민감하다. 20대 중반만 지나도 새로 시작하는 걸 주저하고 포기하는 사람들이 많다. 늦깎이 대학생을 보면 취업부터 걱정하고 잘 다니던 직장을 그만두고 진짜 하고 싶은 걸 찾아보겠다고 하면 모두 시간을 낭비하는 건 아닌지 걱정의 말부터 꺼낸다. 그런데 다시 생각해 보면 20대는 충분히 시간을 낭비해도 되는 나이가 아닐까? 전공이 적성에 안 맞으면 대학을 다시 갈 수도 있고, 직장이 힘들면 다른 직종으로 전환할 수도 있다. 사랑에 빠져 물불 가리지 않고 덤벼도 전혀 이상하지 않은 게 그 시절 청춘만의 특권 아닌가. 그런데도 마치 나이별로 정해진 양식이 있는 것처럼 대학을 가고 졸업 후 안정적인 직장에 취업한 뒤, 결혼해 아이를 낳는 것을 당연한 순서로 여긴다.

누가 정해놓은 것도 아닌데, 그 길을 뒤처지게 걷는 것 같은 나를 자책했던 날들이 있었다. 내가 생각하고 마음먹은 대로 흘러가지 않으니 모두 내 잘못 같았다. 결혼 후 계획한 대로 흘러가지 않았을 때도, 아픈 엄마를 설득해 애매한 시기에 학원을 열어 고충을 겪던 순간들도 내 능력이 부족해서라 느꼈다. 누구는 벌써 집을 장만했는데 그렇지 못했을 때도, 친구의 아이는 벌써 초등학생인데 나는 이렇게 일만 하며 살아도 되나 자꾸만 조급한 마음에 전전긍긍했다. 내가 이루고 싶은 꿈보다 남들이 이뤄놓은 것을, 남들의 시선을 먼저 신경 쓰다 보니 정작 '지금'을 놓쳤다. 꿈조차 남들에게 보이는 것을 신경 썼다. 거창한 꿈들을 늘어놓느라 주변의 소소한 순간들을 얼마나 지나쳤을까.

하지만 엄마의 죽음 이후 모든 것이 부질없음을 깨달았다. 유품을 정리하며 우연히 엄마의 노트를 발견했다. 그 속에서 내가 미처 알지 못했던 엄마의 숨겨왔던 감정과 꿈들을 마주했다. 50대에 미처 그 꿈들을 도전해보지 못하고 그저 엄마로, 아내로 살다 떠난 것이 안쓰러웠다. 늘 감정을 눌러 담고 진짜 감정을 쉽게 드러내지 않았던 나는 엄마가 보기에 무엇을 좋아하고, 속마음이 어떤지 알 수 없는 어려운 딸로 기록되어 있었다. 엄마를 보내고 나서야 나를 제대로 표현하지 못해 가까운 가족에게 상처를 주었다는 자책감이 들었다. 늘 가까운 가족에게는 상처를 주면서 남들의 시선을 지나치게 신경 썼다. 그래서 보이는 행동에 나를 포장하고 다듬기 바빴다. 흙 묻은 내 감정들을 이리 털고 저리 털어 깨끗이 정돈해 남들 눈에 보기 좋게 꺼냈다. 내 감정은 마트 진열대에 올려진 상품이 아닌데도 불구하고 말이다. 그리고 밖에서 받은 그 상처 묻은 흙들을 치워준 건 모두 엄마였음을 알게 되었다. 엄마의 일기장을 본 이후, 진짜 하고 싶은 것, 내가 잊고 살던 꿈들을 꺼내 보았다. 물론 그 꿈들은 예전처럼 거창한 꿈들이 아니다. 엄마가 해보고 싶었던 것들, 가고 싶었던 곳들을 내 버킷리스트처럼 담아두었고, 개인적인 꿈들도 함께 기록했다. 한 해가 시작되면 다이어리 앞면에 그해에 이루고 싶은 꿈들을 10가지씩 적어두기 시작했다. 물론 10가지 모두 성공하기는 쉽지 않다. 하지만 다 이루지 못해도 괜찮다. 그저 작은 꿈들을 적으며 나는 어릴 적 미래를 꿈꾸던 어린아이처럼 마음껏 상상의 나래를 펼칠 수 있다. 그리고 그해 이후 실제로 절반이 넘는 목표와 꿈들을 매년 이루고 있다. 그러니 당장 꿈이 이루어지지 않았다고 해서 조급해할 필요가 없다. 소박한 꿈이어도 상관없다. 살다 보면 소박한 것들이 더 소중한 것일 때가 많지 않은가. 나 역시 건강을 위해 꾸준히 운동하기, 책 50권 이상 읽기, 가족 여행 5번 이상 다녀오기 등의 작은 목표와 나만 아는 비밀스러운 꿈들을 적어놓는다. 이 꿈들이 당장 이루어지지 않더라도 꿈이 있다는 건 오히려 내일이 기대된다는 의미로 설렘을 선물해준다. 한 해가 지날수록 얻는 것보다 잃을 것이 많은 나이가 된다. 하지만 새로운 날들을 위해 공간을 비워두었다고 생각하면 오히려 채울 공간이 생긴 셈이다. 100세 시대에 고작 우리는 절반도 오지 않았으니, 남아 있는 공간을 위해 머뭇

거리지 말고 내가 하고 싶은 일을 발견하고 과감하게 시도해보자.

지금도 늦지 않았다. 인생은 타이밍이라고들 하지만 꿈을 꿀 수 있는 나이는 정해져 있지 않다. 바쁘게 살다 보니 소소한 꿈을 꾸는 것조차 사치로 느낄 수 있다. 그런데 다시 꿈꾸기에, 새로운 도전을 시작하기에 늦었다고 생각한 지금이 우리 인생에 가장 젊은 날이다. 그러니 내가 이루고 싶은 꿈들을 다시 조심스레 꺼내 보면 좋겠다. 소소한 행복들을 적고 하나씩 이루다 보면 결국 다 해낼 수 있을 것만 같은 용기가 생길 것이다. 주변의 상황을 신경 쓰기보다 내가 하고 싶은 것이 무엇인지를 먼저 생각해보자. 돌이켜 보면 20대에 이룬 것이 미미한 것 같지만 모두 의미 있는 시간이었다. 과거의 나를 견뎌냈기에 지금의 나는 더 단단해졌다. 늦었다고 생각해 포기했던 그 시절로 지금 돌아간다면 당장 뭐든 다 할 수 있을 것 같지 않은가. 그러니 지금의 우리 나이도 뭐든 도전할 가치가 있는 내 인생 청춘의 한 페이지에 불과하다.

"나이가 든다는 것은 자신이 좋아하는 것을 알아가는 과정."이라는 말이 있다. 중간중간 현실과 맞닥뜨리면서 내가 처한 현실이 작은 성냥갑 속처럼 갑갑하게 느껴질 수도 있다. 하지만 밖으로 나와 불이 붙는 순간 누구보다 반짝이며 주변을 따스하게 밝힐 것이다. 어쩌면 삶은 태어날 때부터 죽을 때까지 끝나지 않은 선택과 노력의 연속이다. 그 선택은 내가 하는 것임

을 잊지 않았으면 한다. 내가 한 수많은 선택이 모여 꿈꾸던 나만의 엔딩이

기다리고 있을 것이다. 그러니 모두 마음속에 반짝거리는 꿈 하나씩 품고

살아가면 좋겠다. 꿈꾸기에 늦은 오늘은 없다. 당신은 지금 어떤 꿈을 꾸고

있는가.

타인의 시선 속에 사는 나

김혜진

나는 인정받는 것을 좋아하는 사람이다. 어릴 적부터 나는 타인의 시선이 중요했다. 어떤 행동을 하기 전에 '상대방이 나를 어떻게 생각할까?'를 끊임없이 상상한다. 문을 열 때부터 나를 따라다닐 것만 같은 시선들을 의식하는 나는 카페에서 커피를 주문하고 기다리는 일도 평범하지 않다. 그렇게 나는 제법 오래전부터 누군가에게 관심을 받는 것을 부담스러워하면서도 긍정적인 관심에는 행복함을 느끼며 살아왔다. 칭찬을 받으면 춤을 추는 고래처럼 더욱더 잘 해내기 위한 노력을 거듭하면서 말이다.

우연히 예전에 사용했던 SNS를 발견했다. 그 속에서 나는 인정받았다. 살림 잘하는 아내, 육아 고수, 싹싹한 며느리, 시집 잘 간 딸의 모습을 보여주려 많은 힘을 쏟았다.

결혼할 무렵 남편은 경기도 하남으로 발령받았다. 새로운 삶을 함께 꾸려갈 우리에게 함께하는 시간은 무엇보다 소중했다. 결혼과 동시에 퇴사를 결정한 나는 대구를 떠나 낯선 도시에서 신혼생활을 시작했다. 신축 오피스텔이라는 이미지를 주는 쾌적한 사진들로 가득 채워 놓았지만, 사실은 8평 남짓한 초라한 원룸이었다. 신혼집에서 보내는 첫 번째 날 새벽같이 출근한 남편을 기다리며 나는 전업주부라는 이름에 걸맞은 하루를 보내기로 했다. 마트에 갔다. 메뉴는 된장찌개로 정했다. 유튜브가 흔하지 않았던 시절이라 된장찌개에 무엇이 들어가는지도 모른다. 그저 먹어만 보았던 나는 벌써 식은땀이 흐른다. 마트를 열심히 돌고 돌아 재료를 준비했다.

"엄마 감자는 동그랗게 생겼는데 어떻게 네모를 만들지?"

시집간 딸과의 첫 통화가 얼마나 어처구니없었을까? 조각가가 작품을 빚어내듯 정교한 칼질로 예전에 먹어보았던 맛을 찾아 계속해서 간을 봐가며 된장찌개를 완성할 무렵 남편이 귀가했다. 하루를 다 써서 만든 된장찌개 한 그릇을 앞에 두고 찌개를 만드는 과정을 시시콜콜 설명하며 뿌듯해하는 나, 그리고 태어나서 이렇게 대단한 찌개는 처음 먹어보는 듯한 표정으로 두 그릇 세 그릇 뚝딱 먹어주는 남편 모든 것이 완벽했다. 이렇게 매일 더 맛있고 대단해지는 상차림의 기록을 다시 보니 반갑고 참 대견하다.

육아는 글로 배웠다. 수많은 육아서를 읽어보았다. 모든 교육의 시작은 배 속에서부터라고 했다. 내 아이에게 수학 포기자였던 나의 모습을 물려주고 싶지 않았다. 서점에 가서 수학 문제집을 샀다. 매일매일 정해져 있는 분량대로 풀기 시작했다. '약수, 최대공약수, 통분…' 쉬운 듯 어려운 문제집을 들여다보며 태교라는 명분으로 지금 내가 무얼 하는 건가, 피식 웃음이 나기도 했다. 아빠의 목소리를 배 속 아기에게 들려주는 일도 중요하다고 했다. 남편은 밤마다 아기에게 책을 읽어주었다. 보통의 신생아들은 먹고, 놀고, 자고를 3시간 정도의 간격으로 반복한다고 했다. 우리 아기는 정말 책에서 본 대로 3시간의 간격을 지켜 잘 먹고 잘 놀고 잘 자주었다. 육아서에 나와 있는 정답처럼 커 주는 아이를 보고 있노라면 그 힘들다는 육아가 너무나 즐거웠다. 식단표를 짜서 이유식을 만들고 사진을 찍고 기록하는 일에도 참 열정을 다했다.

분양 받은 아파트의 입주를 1년 정도 남겨둔 어느 날, 남편은 대전으로 발령받았다. 남편도 없는 시댁에 들어가서 시부모님과 함께 지내기로 했다. 돌이켜보면 시부모님과 허물없이 잘 지내는 며느리의 모습을 보여주고 싶었던 마음도 컸다. 아침 일찍 출근하시는 시부모님과 함께 밥을 차려 먹고 가끔은 도시락을 싸서 가게에 불쑥 찾아가 기쁨을 드리기도 했다. 김밥을 안 좋아하시는 아버님은 며느리가 싸주는 김밥은 배가 부른 줄도 모르고 계속 손이 간다고 껄껄 웃으실 만큼 좋아하셨다.

"우와 현모양처가 따로 없네. 매일 맛있는 밥상이라니 남편은 너무 좋겠다, 5살이 벌써 글자를 읽어? 책 한 권을 줄줄 외워서 이야기하네? 시부모님이랑 함께 살고 있다고? 정말 대단하다. 어떻게 그런 생각을 했어?"

칭찬의 댓글들이 가득했다. 나는 나의 역할을 완벽하게 잘 해내고 또 여기저기 보여주면서 보람을 느꼈다. 댓글에 하나하나 답을 달면서 하루를 마무리했고 많은 사람에게 인정받고 있다는 생각이 들 때마다 만족스러웠다.

둘째 아이가 태어났다. 갑자기 찾아온 진통과 출산은 참으로 당혹스러웠다. 입이 짧은 첫째 아이를 위한 반찬, 등원 준비, 하원 후 일정 등 미리미리 챙겨놓을 것들이 많았는데 큰일이었다. 그런데 내가 없으면 우당탕 엉망이 되어버릴 것 같았던 2주의 시간은 평화롭고 잔잔하게 흘러갔다. 아직 어린 첫째에게 엄마 없이 보내는 2주의 시간이 평온했다니 참 다행스러운 일이다. 하지만 이 무렵부터였던 것 같다. 마음 한쪽에 나를, 내 자리를 잃은 것 같은 공허함이 자꾸 맴돌기 시작했다.

유치원에 보낸다. 지인들을 만나 브런치를 먹는다. 저녁을 준비한다. 먹이고, 씻기고, 재운다. 반복, 반복, 반복…. 그동안 몰아쳤던 살림과 육아로 고군분투했던 시간이 지나고 여유가 생겼다. 이렇게 완벽한 육아와 휴식을 하면서도 이상하게 더는 행복하지 않았다. 매일 만나는 사람들과 반복되는 일상의 대화들은 공허했다. 시간이 많음에도 집안일은 자꾸만 쌓이고 밀리기 시작했다.

사람들은 번아웃에 가장 취약하고 쉽게 노출되는 집단이 전업주부라고 말한다. 물질적이거나 심리적인 보상 없이 끊임없이 노동해야 할 때 누구에게나 찾아오는 무기력해지는 순간이다. 맛있게 차려낸 밥상도 잘 자라고 있는 아이들도 정성을 담은 며느리의 도시락도 이제는 더 이상 대단한 것이 아니라서였을까? 특별함을 잃은 나의 모든 것들은 더 이상 나를 춤추게 하지 않았다. 나의 존재와 역할은 어느 순간 익숙해졌고 당연해졌다. 내 마음의 중심을 잡지 못하고 다른 사람의 시선에 맞추어 최선을 다해 살아온 그 이면의 허무함이었을까? 나에게 번아웃이 찾아왔다.

조용히 내달리는 증기기관차가 되어 ┑

나혜영

난 두 아이의 엄마, 나는 조용히 내달리는 증기기관차다. 이른 아침, 두 아이의 시끌벅적 소리에 눈을 뜬 나는 커피 한 모금을 마신다. 나의 움직임은 조금씩 빨라진다. 아이에게 먹고 싶은 것을 묻는 둥 마는 둥 후다닥 만들 수 있는 재료로 아침밥을 챙긴다. 아이 둘은 아침밥을 먹으며 재잘재잘 놀이를 시작한다. 나는 초등학교 1학년인 딸과 유치원생 아들의 준비물과 입을 옷을 분주히 챙기며 움직인다. 등교 시간 10분 전까지도 아이 둘은 둘만의 놀이 세상에 여전히 젖어 있다. 산더미처럼 쌓여 있는 업무로 시간에 쫓기는 엄마의 불타오르는 속사정은 저세상 이야기이다. 때론 나의 불같은 외침이 목구멍을 타고 올라오지만 이내 삼킨다. 더 내달리기 위해서는 에너지를 소모하면 안 된다. 그보다 아이들에게 던진 쓴소리는 망치가 되어 하루 종일 나의 가슴을 내리칠 것이다. 세수, 양치질, 머리 손질을 마치고 두 아이를 보내는 시간은 돌고 도는 선로를 따라 기계적으로 움직인다. 난

43

얼마나 커피를 마신 걸까. 컴퓨터 앞에 앉는다. 어젯밤에 남편이 잠시 쉬라며 내어놓은 솔잎차가 차갑게 식어 덩그러니 책상에 놓여 있다. 밤새 우러난 솔잎차의 그 한 모금이 커피보다 쓰다. 그 차 한 잔을 마실 겨를이 어제도, 오늘 아침에도 없었다.

난 선생님이자 원의 운영자, 내가 하는 일은 학생들의 독서 활동을 연구하고 코칭 하는 일이다. 두 아이를 보내고 난 후 나는 더 빨리 내달린다. 어지러운 집안을 뒤로 한 채 선생님이 작성한 학생들의 관찰 일지를 확인한다. 일이 더딘 원장이라 가야 할 길은 멀고, 할 일은 산더미처럼 쌓여 있다. 혼자 감내해야 할 일을 생각하니 어깨가 더 무겁다. 서둘러 출근 준비를 한다. 원에 오는 학생들은 모두 각자의 사연을 품고 다채로운 색을 가지고 있다. 쉽고 간단한 학생은 없다. 학생마다 물을 줄 시기, 바람을 이겨낼 시기가 다 다르기 때문이다. 특히 책을 읽고 생각하는 힘이 부족한 학생들의 활동이 있는 날이면 더 머릿속이 복잡해진다. 더 쉬운 발문을 생각해야 하고 미리 추천할 만한 책도 고심해야 한다. 학생들이 올 시간이다. 더 많은 이야기에 귀 기울이고 학생들을 관찰하는 시간이다. 가장 불타오르는 시간이기도 하지만 가장 에너지가 소모되는 시간이기도 하다. 밥은 언제 먹었을까. 고픈 배를 움켜쥐고 컴퓨터 앞에 앉는다. 오늘 활동했던 아이들의 관찰 일지를 작성한다. 책상 한편에 언제 샀는지도 모를 생식 상자가 고스란히 놓여 있다. 지금 난 내 심신을 잘 들여다보고 있는 것일까.

내 나이 마흔하나, 난 엄마의 길에서 독립하지 못했다. 이른 출근을 하는 날이면 집안일은 뒷전이다. 쌓여 있는 빨래 더미, 현관에 널브러진 채 더러워진 운동화, 아침을 먹이고 남은 그릇, 다 먹지도 못하고 쌓인 반찬통. 엄마가 아이들을 보는 날이면 아이들과 내가 좋아하는 음식으로 냉장고는 다시 채워져 있다. 아이들이 좋아하는 맑은 국과 제철 밑반찬이 가득하다. 말끔하게 씻긴 운동화, 정갈하게 정리된 그릇, 손수 물걸레질을 한 방을 볼 때면 엄마의 향기로 어지럽다. 사실 내 마음이 더 어지럽다. 언제부터였을까, 엄마의 얼굴을 찬찬히 보지 못했다. 하나, 둘 늘어나는 주름과 흰머리가 꼭 나 때문인 것 같다. 그보다 엄마의 닮고 싶지 않은 부분이 계속 생각난다. 두 자식을 위해 희생하면서 사는 그 모습을 나는 닮고 싶지 않았다. 엄마처럼 살고 싶지 않았다. 하지만 난 엄마의 그 덕을 보는 최고의 수혜자! 절대 인정하고 싶지 않지만.

마흔을 갓 넘긴 맞벌이를 하는 두 아이의 엄마이자 딸, 나의 모습이다. 나의 일과 육아, 집안일을 모두 잘 해내기는 사실 버겁다. 난 동시에 여러 일을 수행하는 '멀티태스킹'이 가능하지 않은 회로다. 친구와 밥 먹으러 간 자리라도 이야기를 나눌 때는 수저를 잠시 내려놓아야 한다. 학생들이 들어오기 시작하는 시간이 되면 다른 업무는 손에 잡히지 않는다. 일과 집안일을 모두 잘 수행하는 '슈퍼우먼'의 삶은 내게는 먼 이야기다. 최신식 '디젤엔진'을 가진 슈퍼우먼인 엄마의 딸이지만 난 연통에 불꽃이 타오르기까지 서서히 움직여야 하는 아날로그식 '증기기관차'다.

　그렇다. 모든 사람에게는 다 나름의 역할이 있다. 나 역시 여러 역할을
해내야 하는 것이 버거울 때가 있다. 유독 학생들의 어머니와 만나 상담을
나눌 때는 꼭 나를 보는 것만 같다. 서로의 얼굴을 마주하며 이야기를 나누
다 보면 깊은 마음속 사연을 만난다. 워킹맘으로 딸을 학원으로 내몰며 정
작 딸의 마음을 몰랐다고 토로하는 엄마도 '나'이다. 일터에서 다정하고 꼼
꼼하지만 정작 아이를 제대로 챙기지 못한다고 자책하는 엄마도 '나'이다.
오랜 병간호로 아픈 어머니께 모질게 대했다는 딸도 '나'이다. 어느새 서로
의 눈시울은 붉어져 있다. 촉촉하게 젖은 그 눈망울에 담긴 사연은 말하지
않아도 안다. 이미 침묵이 절절하게 이야기하고 있기 때문이다. 그 두 눈에
는 내가 있다. 모든 사연은 이어져 있다.

　조용히 내달리는 기관차의 하루는 그렇게 저문다. 글자 너머의 세상을
보도록 책을 읽어주던 나는 사라지고, 천천히 풍경을 보며 살아가던 나의
모습은 뿌옇게 멀어진 채, 아이들의 잠든 얼굴에 겨우 입 맞추며, 더 이상
사용할 수 있는 연료는 없다. 모든 에너지를 소모한 채 눕는다. 또 내일을
내달리기 위해 잠이 들어야 할 때다.

손안의 세상에서 내 삶의 진짜 무대를 향해 ⌐

백경원

세상은 참 많은 것들로 분주하다. 아마 휴대폰이 우리의 삶 속에 들어오는 순간부터 그랬던 듯하다. 예전에는 버스나 엘리베이터를 기다릴 때, 혹은 잠이 오지 않을 때, 아무것도 하지 않고 오롯이 나에게만 집중할 수 있는 시간이 짬짬이 존재했다. 그때마다 하루를 회상하기도 하고, 내일을 계획해 보기도 했다. 바쁜 시간 속에 잠든 감각들을 깨우며 소소한 행복을 찾아가는 깨알 같은 시간이었다. 그러나 요즘은 모두 그럴 여유가 한순간도 없어 보인다. 나 또한 마찬가지이다. 그 순간들은 애석하게도 휴대폰의 차지가 되었다. 휴대폰 알람 소리에 맞춰 하루가 시작되면 오늘의 핫딜 소식부터 팔로워 이웃까지 들여다보느라 아침부터 눈은 쉴 틈이 없다. 오가는 길 속에서도, 대화를 나누는 시간 속에서도 누군가의 눈을 마주할 여유를 찾기란 여간 어려운 일이 아니다. 심지어 자신의 눈과도 마주하기가 쉽지 않다. 사람들은 주변을 둘러볼 여유도 없이 작디작은 세상 속에서 과연 무엇에 집중하고 있을까?

    손바닥만 한 크기의 네모난 세상 속에는 다채로운 것들이 가득해 빠져나오기가 힘들다. 사람들은 손쉽게 접근할 수 있는 다양한 콘텐츠로 저마다 자신의 재량을 뽐내느라 여념이 없다. 스타 못지않은 특별한 일반인들이 자신이 가진 가치관과 생각들을 개성 있게 드러내며 사람들과 자유분방하게 소통한다. 인터넷만 연결되어 있으면 언제 어디서나 다양한 콘텐츠를 즐길 수 있는 OTT 플랫폼부터 사진과 짧은 동영상을 공유하는 소셜 미디어 플랫폼까지 우리는 작은 휴대폰 안에서 넘치도록 많은 볼거리를 얻게되었다. 그뿐인가? 일면식도 없는 사람과 친구가 되기도 한다. 연예인이어야 주목받던 옛날과 달리 모두가 빛나는 일상 속 스타가 되어 서슴없이 자신을 드러내는 모습은 가히 놀랍다. 하지만 안타깝게도 내향적인 나에게는 편하면서도 불편한 매우 낯선 공간이기도 했다.

    사실 나는 쳇바퀴 돌 듯 두루뭉술하게 하루하루를 살아왔다. 하나둘 나이를 먹어가며 삶이 그리 호락호락하지 않다는 걸 경험하고 난 뒤로는 아무 일도 일어나지 않은 고요한 하루가 그저 감사할 따름이었다. 그래서인지 사람들과의 적당한 거리의 관계 형성을 더 선호했다. 누군가를 만나 일상을 이야기하지 않아도 메신저로 쉽게 이야기를 나눌 수 있다 보니 일거수일투족 그들의 표정까지 체크하지 않았고, 내 표정 또한 관리할 필요가 없는 휴대폰 속 세상에서 더 마음의 안정을 얻었다. 그런데 나는 오프라인뿐만 아니라 온라인에서도 지극히 소극적인 태도로 모든 걸 행했다. 온라인에서는 정보를 쉽게 얻고 다른 사람들의 삶을 엿볼 수 있다 보니, 나는 남의 이야기에만 시간을 보내며 내 삶을 소홀히 하기 시작했다. 그러다가 어느새 내 삶의 중심을 잃어버린 듯했다. 타인의 삶을 도둑고양이처럼 몰래 들여다보기만 했을 뿐, 정작 나 자신을 드러내려 하지 않았다. 오히려 나는 나를 감추기에 더 바빴다. 타인의 생각 안에만 머무르며 점차 나다움을 잃어갔다. 그들과 나는 바쁜 일상 속에서 함께 휴대폰을 들여다봤지만 그들의 삶은 확연히 달랐다. 그들은 짬짬이 생겨나는 깨알 같은 순간들을 자신의 취향과 라이프 스타일을 찾는 데 활용했고, 나는 그저 그들의 삶 속에 머물며 시간을 허비하기만 했다. 타인의 삶만 좇으며 스스로 만든 울타리 안에 갇혀 정작 내가 누구인지조차 알지 못한 채였다. 어쩌면 '나를 좀 봐 달라'며 끊임없이 외쳤을 내 마음의 목소리를 나는 듣지 않은 척 외면하고 있었을지도 모른다. 이렇게 도둑고양이처럼 자신을 숨긴 채 살아가는 건 비단 나뿐일까?

SNS를 시작하며 이름도 얼굴도 모르는 사람들의 생활 모습을 처음 보았을 때 충격이 꽤 컸다. 다들 어찌 그리 화려하고 멋진 삶을 살아가는 건지 한동안 자괴감에 빠져 헤어 나오질 못했다. 누구보다 열심히 살고 있다고 자부했던 나의 삶이 한없이 초라하고 보잘것없어 보였다. 언제나 최선을 다했고 매사에 진지했던 내 모습이 지지리 궁상맞아 보여 잠깐 무기력을 마주했다. 그때부터 나는 그들의 화려한 색을 나에게 입히기라도 하듯 그들을 동경하며 그들이 입고 먹고 소비하는 것들을 그대로 따라 하기 시작했다. 급기야 누군가가 기록해둔 짧은 글귀로 나의 오감을 대신하고 직접 경험해야 할 것들을 타인이 기록해둔 한 장의 사진으로 대체했다. 자신의 색깔을 한껏 뽐내고 있는 그들 앞에서 나는 점점 더 색을 잃어갔다. 자신만의 원칙과 가치관을 지키며 살아가는 그들의 삶을 보고 문득 그들의 소신 있는 삶을 배우고 싶어졌다. 변화하는 시대 속에서 삶의 주체자로 살아가는 그들처럼, 나 또한 나를 찾고 싶었다. SNS가 아니더라도 노력으로 성취한 결과물들을 숨김없이 보여주며, 나를 빛내고 싶다는 생각이 불꽃처럼 커져갔다. 다양한 방식으로 자아를 찾아가는 그들의 모습은 은둔형 도둑고양이처럼 살아왔던 나에게 전환점을 선사했다. 그들은 내 삶에 동기부여의 원천이 되어 앞으로 나아갈 힘을 더해준 셈이다. 그때부터 나는 소소하지만 확실한 행복들을 하나씩 사진첩에 담으며, 나만의 방법으로 나를 찾아가고 있다. 화려한 그들의 세계에 비해 초라해 보일지라도 나만의 색깔로 미래를 그려나가며 독보적인 나로 성장하고자 한다.

모두가 바쁜 삶을 살아간다. 그러나 그 속에서 어떻게 시간을 완성 시켜 나가느냐에 따라 내 삶의 진짜 무대를 맞이할 수 있다. 새로운 환경이나 상황에서 실패하거나 어려움을 겪는 걸 두려워하는 것은 자연스러운 일이다.

물론 변화를 즐기는 진취적인 사람도 있지만 예측하기 어려운 불확실한 미래의 도전보다는 익숙한 것들에 머물길 바라는 사람도 있다. 그게 훨씬 편안함과 안정감을 주기에 편한 쪽을 선택한다. 나 또한 이런 이유를 핑계 삼아 타인의 삶 안에 머무르는 단조로운 삶을 살았는지도 모르겠다. 우리는 두려움에 묶여 새로운 도전을 피하기보다는, 남들이 이루어낸 성과를 배우고 자신의 길을 찾아갈 필요가 있다. 남의 강점을 배우는 것은 미덕이자 성장의 시작이다. 겸손한 마음을 바탕으로 용기 있게 그들의 삶을 열린 마음으로 받아들인다면, 단순한 동경에 그치지 않고 동경 받아 마땅한 나로 성장할 수 있을 것이다. '과연 내가 할 수 있을까?'라는 고민은 접어두자. 이래저래 부딪혀 나가다 보면, 분명 모든 것이 자양분이 되어 나를 빛나게 해줄 것이다. 그렇게 나의 자존감을 더욱 확고히 다져 가보자! 그러면 나를 위해 펼쳐진 찬란한 활주로를 따라 달려, 드높이 날아오를 수 있을 것이다. 그걸 해낼 수 있는 사람은 바로 나! 나 자신뿐이다.

나의 이름을 찾아서

당신은 어떠한 이름을 가지고 있는가? 엄마의 배 속에서 열 달 동안 태명으로 불리던 아이는 세상의 빛을 보고 부모로부터 이름을 받는다. 부모들은 글자 한 자 한 자 뜻을 떠올려가며 여러 개의 이름 중 우리 아이에게 꼭 맞는 예쁜 이름을 신중히 선택하고 우리는 그때부터 이름을 가진다. 나라는 사람은 이제 평생토록 그 이름으로 불리고 적히며 마지막 눈을 감는 순간 혹은 그 이후까지 그 이름과 함께한다.

추운 겨울, 외할머니가 돌아가셨다. 새벽부터 움직여 화장터로 가 마지막 인사를 하고 휴게실 의자에 앉아 본다. 어떤 이들은 멍하니 모니터를 바라보며 함께했던 추억을 떠올리고 눈시울을 붉힌다. 어떤 이들은 잠시 숨을 돌리며 커피를 마신다. 모퉁이에선 오랜만에 만난 가족들과 미뤄둔 이야기를 두런두런 하기도 한다. 나는 화장이 진행되는 동안 모니터에 적힌 이름을 보며 생각했다. 사람이 죽는 순간까지 남아 있는 유일한 것은 이름뿐이라고. 그리고 살아생전 가졌던 모든 것은 사라져도 이름은 계속해서 내 곁에 머물러 있다고. 평생을 '외할머니'라고만 불렀다. 이제는 이름 석자로 기억하겠노라 생각했다. 그러면서 나지막이 내 이름을 되뇌었다. 내가 부모에게 이름을 받은 처음 순간의 의미를 되새기며, 내 인생의 마지막에 남아 있는 이름에 당당하기를 바라면서. 어떤 사람들은 태어난 날과 시를 보고 음양오행을 따지며 저마다 부족한 걸 채워주는 이름을 얻기도 하고 누구는 부모 이름의 한 글자씩 따서 예쁜 이름을 가지기도 한다. 모든 상황이 다 같다. 처음 이름을 받을 때 우리는 모두 고유한 존재였다. 이 순간, 처해 있는 현실 상황은 잠시 접어두고 나의 이름을 다시 한번 되뇌어 보고 이름의 가치에 대해 생각해 보길 바란다. 나라는 사람의 처음이자 마지막을 함께 할 내 이름에 대해서, 그리고 늘 이름과 함께하고 있는 나라는 사람에 대해서.

　나는 부모님께 '아름다운 꽃'이라는 뜻을 가진 예쁜 이름을 받았다. 세상에 좋은 것만 보고 아름다운 것만 보며 꽃같이 예쁘게 살라고 말이다. 우리 나이 때는 꽤 유행했던 이름이라 나와 같은 이름을 가진 친구들은 많이 있었지만, 성이 특이했던 까닭인지 동명이인은 만난 적이 없었고 그렇게 그 이름으로 학창 시절을 보냈다. 이름으로만 불렸던 학창 시절에 나는 내 이름의 의미에 대해 그다지 신경 쓰지 않았다. 그러다 직업을 가지고 나서는

53

이름 아닌 직업으로, 가족 내에서는 첫째로, 고유 명사가 아닌 보통 명사로 더 많이 불리고 있다. 이름으로만 불리던 때에는 좋아하는 것도, 싫어하는 것도, 되고 싶은 것도, 꿈을 꾸던 것도 많았는데 이제는 적당히 좋아하고, 싫어하는 것도 외면하고, 현실적인 꿈들만 꾸는 경우가 많아진다. 이름으로만 불리던 학창 시절의 반짝이던 진짜 '나'는 추억 속에 예쁘게 포장하여 넣어 두고 현실적이고 사회화된 '나'로 살아가는 날들이 더욱 늘어난다. 나의 직업은 내 삶의 일부이기는 하지만 내 이름이 될 수는 없다. 마지막 순간 그런 '나'로 이름을 남기고 싶지 않다. 지금의 '나'도, 앞으로의 '나'도 이름으로만 불리던 학창 시절의 반짝이던 진짜 '나'로 살아갈 수 있다. 잠시 잊고 지내던 나를 끄집어내 본다.

  우연히 SNS를 뒤적이다 영화 〈비긴 어게인〉이 십 년 만에 재개봉한다는 피드를 보았다. 어느새 시간이 이렇게나 흘렀나, 놀라면서 추억에 잠긴다. 포스터만 보아도 배경음악 〈Lost Star〉가 흘러나오며 2014년 늦여름에서 초가을로 넘어가는 적당히 선선하지만 약간의 우울감을 주는 습한 날씨가 떠오른다. 주인공 댄과 그레타는 줄 이어폰을 나눠 끼고 음악을 감상하며 화려한 뉴욕 거리를 활보하다 잠시 앉는다. "음악은 따분한 일상도 의미 있는 순간으로 만들지." 댄이 말한다. 그렇다. 산책하고 공원에 앉아 숨을 고르며 지나가는 사람을 바라보는 평범하디 평범한 순간에도 음악은 그 장면을 특별하게 만들어 주는 힘이 있다. 나는 음악을 정말 좋아했다. 지금

같으면 상상도 할 수 없이 작은 MP3 용량 가득히 좋아하는 노래들로 채우고 버스 안에서, 걸어 다니며, 여행 다니며 많이도 들었다. 듣고 싶은 새로운 노래가 나오면 무엇을 지우고 채울지 고민하며 넣기도 하고 많은 노래가 있어도 한 번 마음에 드는 노래가 생기면 질리도록 한 곡만을 반복하기도 했다. 그래서인지 어떤 노래들은 지금도 그 노래를 듣던 예전의 나로 데려간다. 윤하의 〈기다리다〉는 추운 겨울 한 시간 넘게 타고 다니던 통학 버스 안의 대학생인 내가 떠오르고 김예림의 〈Voice〉에는 호기롭게 혼자 떠났던 홍콩 여행에서의 당찬 이십 대 중반의 내가 있다. 〈Lost Star〉 안에는 겨울쯤 치는 임용 시험을 앞두고 걱정과 불안함으로 잠 못 이루는 꽤 우울했던 나도 있다. 나의 모든 순간에는 음악이 있었다. 그런데 어느 순간 내 삶에는 음악들이 사라졌다. 여전히 이동하는 모든 시간에 음악이 함께하지만 나의 무료함을 채워주는 수단일 뿐 내 감정을 사로잡는 음악은 사라졌다. 바쁘게 돌아가는 현실만큼이나 듣는 노래들도 잠깐 소비되고 사라진다. 내 마음을 울리는 노래들은 다 과거에 있거나 이제는 리메이크 되어서 나오는 경우까지 생겼으니 말이다. 요즘의 노래들은 나를 설레게 하지 못하는 걸까. 곰곰이 생각해 보니 음악이 사라진 순간은 일을 갖게 되면서부터인 듯하다. 넋을 놓고 가만히 음악 감상할 여유가 사라졌고 일을 하지 않는 순간에도 머릿속이 산란하다. 더 나이가 들어 나의 삼십 대를 돌아보았을 때 나를 그 시기로 데려다주는 노래가 없다고 생각하니 씁쓸하다. 예전처럼 내 마음이 머무는 노래들을 찾아보아야겠다.

수많은 현대인이 나를 잃어가며 살고 있다. 나에게 맞는 삶이 아닌 타인에게 인정받는 삶을 살기도 한다. 남들보다 앞서 나가기 위해 무리하다 신체적인 질병뿐 아니라 번아웃 증후군, 공황 장애와 같은 정신적인 문제에 직면하기도 한다. 그저 행복하게 살고 싶을 뿐인데 행복의 잣대란 사회의 분위기에 따라 시시때때로 변해서 어떤 때는 욜로족이 행복이라 하고 이제는 요노족이 대세라고 한다. 십 년이 채 안 된 시기에 현재를 즐기랬다가 지금은 최소한의 소비를 지향한다. 참으로 아이러니하다. 또 몇 년이 지나고 나면 또 다른 삶을 행복이라 부를 것이다. 이럴 때일수록 나를 잃지 않고 나를 정확히 바라보아야 한다. 그리고 나만의 행복을 찾아야 한다. 우리에게는 많은 삶이 남아 있으므로.

당신의 꿈은 무엇인가요?

유소정

"꿈이 뭐예요?"

　대한민국에서 살아남기 서바이벌에 참여한 우리는 꿈이라는 아이템보다 현실이라는 당장 눈앞의 상황이 더 중요하다. 누군가 꿈을 물어본다면 다들 그렇듯 "돈 많이 벌기요.", "그럼 돈 많이 벌면 무엇을 하고 싶어요?" 그제 야 본인의 꿈이 조금씩 드러난다. 살기 좋은 나라 대한민국, 하지만 돈 없으면 꿈도 펼치기 힘든 대한민국. 양면의 나라이다. 결국 대한민국에 사는 대부분 사람이 살아가는 데 있어 가장 우선순위로 꼽는 건 꿈보다 돈이다. 그런데 놀랍게도 살면서 '꿈'이 조금씩 우선순위를 치고 올라오는 순간을 마주한다. 돈은 벌고 있는데 내가 무엇을 하고 있는지, 언제까지 이 일을 해야하는지 의심이 들 때이다. 하지만, 우리는 특화된 K-업무 인재답게 스멀스멀 피어오르는 꿈을 잠시 접어둔 채로 당장 업무에 초점을 맞추어 하루하루를 불태운다. 하루에도 수백 번 오락가락하는 마음에 머릿속은 복잡하지만, 무표정으로 마음을 숨긴 채 일에 몰두한다. 다들 그런 마음이다.

불과 1년 전까지 나는 이 글을 읽는 독자들과 함께 아침 7시 7호선을 타며 강남으로 출근하는 직장인이었다. 나름 다들 알만한 회사에 다니며 야근 정도는 젊을 때의 열정이라며 스스로 가스라이팅 했다. 일이 힘들 땐, 퇴근 후 동료들과 술 한 잔 기울이며 전우애를 다졌다. 하루 일정이 끝나고 집에 도착해서 씻고 누우면 12시, 이제부터 나의 밤은 시작이다. 약 2시간 가량 유튜브 시청 후, 핸드폰을 손에 쥔 채 잠든다. 6시 기상, 다시 하루 반복이다. 직장 상사의 히스테리가 갑자기 날아들지 않는 한, 어제와 같은 하루를 CTRL+C/CTRL+V 이 정도는 식은 죽 먹기다. 그렇게 하루하루 살다 보니 어느새 나는 회사에 최적화된 업무 인재 '대리'가 되어 있었다. 누구나 그렇듯 정말 바쁘고도 반복적인 삶을 살았다. 하지만 그간 몇 년간 노력의 결실은 고작 직급이었다. 직급은 내가 얼마나 일을 잘하고 오랜 시간 버텨왔는지를 보여주는 수단에 불과했다. 내가 무엇을 좋아하는지 관심 있는지는 중요하지 않았다. 그저 먹고살기에 바빴다. 내 마음속 꿈꾸던 일은 종이학처럼 고이 접어두고 언젠간 진짜 학이 되어 자유롭게 훨훨 날아갈 날을 기다리며 꾹꾹 버텨냈다. 어느 날, 불현듯 그런 생각이 들었다.

"나 꿈이 뭐였더라?"

"좋아하는 건 뭐였지?"

"언젠가 원하는 일 할 수는 있을까?"

사실 나는 글을 쓰고 그림을 그리는 예술가가 꿈이었다. 예술가의 사전적인 의미 외 또 다른 의미로는 돈은 많이 들지만 돈 벌기는 힘든 가성비 없는 직업이다. 대한민국에서 나고 자란 내가 그 사실을 모를 리 없었다. 하지만 순수했던 나의 10대, 그건 어른들이 만들어낸 이야기일 뿐이라고 두고 보라며 부모님의 반대에 무릎 쓰고 죽을힘을 다해 미술대학에 진학했다. 4년 내내 비싼 학비를 감당하기 위해 아르바이트에, 공부에 밤낮없이 야작(야간작업)을 했다. 들어가는 돈이 상당했다. 그제야 어른들이 왜 부정적으로 이야기했는지 조금은 이해되었다. 그래도 돈 문제만 제외하면 대학이라는 작은 울타리 속에서 나의 꿈은 보호받았다. '지금은 힘들지만 졸업하고 내 꿈을 펼치게 된다면 더 행복하게 잘 살 수 있겠지?' 그때까지도 희망적이었다. 하지만 사회에 발을 들이는 순간, 그 꿈은 실현 불가능한 꿈에 가깝다는 것을 알았다. 그리고 내 마음속 가장 깊은 곳에 순수했던 그 꿈은 묻어두었다. 나만 그랬던 걸까? 아니다. 대부분의 사람들이 나와 마찬가지일지도 모른다. 그래야만 살아남을 수 있었으니까.

많은 사람이 그렇게 현실을 살아가기 위해 진짜 나를 잃어버린 채 살아간다. 현실을 살아간다는 것 그 자체가 나쁜 것은 아니다. 하루하루를 열심히 살아가고 있다는 나 스스로에 대한 증명이니까. 하지만 지속가능성을 생각해볼 필요성이 있다. 요즘 시대 나의 미래를 보장해주는 곳은 어디에도 없다. 회사에 이 한 몸 희생해 갈아가며 버텨봤자 미래가 보장되지 않는다. 내가 누구인지, 내가 무엇을 좋아하는지 주체성이 사라진 채 회사의 부품이 되어 갈 뿐이다. 그러다 보면 어느 순간 큰 설움이 닥칠 때가 있다. 내가 무엇을 위해 이렇게 일하고 있는가. 눈뜨면 연기처럼 사라질 설움이면 좋겠지만 몇 날 며칠 곁에서 떠날 줄을 모른 채 동고동락한다. 결국 내가 지쳤다는 것을 깨닫는 시기를 마주하게 된다. 사람은 스스로 동기를 부여해 움직이는 존재이다. 만약 동기가 없다면 이처럼 나를 흔드는 작은 바람에도 무너지기 십상이다. 그럼 동기가 무엇일까? 일하기 위한 계기이다. 계기란 스스로 좋아하는 것, 하고 싶은 것 등의 욕구다. 그런데 이제껏 많은 사람이 동기는 배제된 채 남들 살아가듯 일만 한 것이다. 나 역시 동기 없이 일만하고 살았다. 안되겠다. 나를 포함한 많은 사람을 구출해야겠다. 나는 그때부터 사람들에게 질문하기 시작했다.

"꿈이 뭐예요?"

"하고 싶은 것 있어요?"

사람들에게 질문했을 때, 처음 대답은 약간은 날이 서 있는 듯한 왜 물어봐? 뻔하지! 식의 답이었다. "꿈? 별거 없지. 돈 잘 버는 거 아니겠어." 그럼 재차 물어본다. "아니요. 그런 꿈 말고, 진짜 하고 싶은 거 말이에요." 드디어 등장. "아, 사실은 바다 앞에서 작은 카페 하나 차리고 싶었어.", "방방곡곡을 다니는 멋진 여행가가 되고 싶었지.", "달콤한 디저트 가게 사장님이 되고 싶어." 대답은 각양각색이다. 하지만 이들의 이야기에는 공통점이 있다. 진짜 하고 싶은 일을 정확히 알고 있다는 것 하지만 쉽게 누군가에게 드러내기를 망설인다는 것이다.

결국 우리 모두 알고 있다. 진짜 꿈에 그리던 일은 너무나 이상적이기에 반대로 현실적이지 못한 일이라는 사실을. 도대체 현실적이라는 게 무엇일까? 곰곰이 생각해보았다. 내가 사는 지금을 객관적인 시선으로 바라보고 살아가는 것. 주관적으로 생각하면 안 된다는 것. 누가 봐도 객관적이어야 한다는 것이다. 그 말인즉, 내가 바라보는 나보다 남이 바라보는 나가 더 중요하다는 것이었다. 그렇다. 결국, 나라는 존재는 타인에 의해 판단되어 타인의 생각을 거스르지 않으며 살아가야 하는 것이다. 우리는 그렇게 나를 잃어버렸다.

내 마음이 지쳤다는 신호

이하나

일요일 밤이면 잠이 오지 않아 뒤척이고 모든 걸 버려두고 어디론가 훌쩍 떠나고 싶은 마음이 드는가? 아침이면 피곤함에 눈을 뜨기 힘들고 모든 일이 의미 없다 느껴지는가? 위 증상에 공감이 된다면 나도 번아웃 증후군을 겪고 있지는 않은지 의심해 봐야 한다. 번아웃 증후군은 일하는 사람에게는 대부분 나타나는 증상으로 의욕적으로 일에 몰두하던 사람이 극도의 신체적, 정신적 피로감을 호소하며 무기력해지는 현상을 말한다. 최근 세계보건기구 (WHO)는 번아웃 증후군을 공식적인 증상으로 분류했을 만큼 번아웃은 가볍게 여길 일이 아니다. 요즘 대세로 떠오르며 왕성한 활동을 이어가고 있는 방송인 덱스도 번아웃을 겪고 있다고 고백해 주목받았다. UDT 출신으로 누구보다 체력적으로도 정신적으로도 건강해 보였던 덱스이기에 더욱 놀라운 일이었다. "누구보다 원했던 바쁨이고, 너무 감사한 상황인데도 불구하고 지쳐 있었다. 집에 와서도 한숨밖에 안 나온다."라며 이제는 일을 줄여나갈 필요가 있다고 느꼈다고 한다. 이는 비단 텍스의 이야기만은 아니다. 번아웃은 오랫동안 소망하고 꿈꾸던 일을 하는 사람에게도 찾아온다. 성인 10명 중 4명은 겪고 있다는 번아웃, 번아웃은 왜 우리를 찾아와 괴롭히는 것일까?

우리는 예부터 부지런함을 최고의 미덕으로 여기며 성실하기를 강요받았다. 게으르고 나태한 것은 은연중에 부정적인 것으로 지양해야 할 덕목으로 깊이 자리 잡았다. 인정받기 위해, 더 완벽한 결과를 위해 우리는 열정을 쏟아 일한다. 목표를 향해 매진하면 더 큰 성공과 눈부신 미래가 기다리고 있다는 환상 속에서 스스로 채찍질하며 과도한 업무를 감당한다. 이미 충분히 잘하고 있음에도 불구하고, 우리는 만족하지 못한다. 관성처럼 달리기만 하다 보면 어느 순간 동기도 사라지고 오직 '더 잘해야 해.'라는 생각만이 우리를 지배하고 있다. 게다가 일에만 몰두하다 부정적인 피드백을 받게 되면 스스로 세상에서 제일 쓸모없다는 사람으로 여기고 모든 문제의 원인을 자신에게 돌린다. 이렇게 찾아온 번아웃은 일뿐 아니라 일상생활에도 영향을 미친다. 좋아하던 취미나, 사람들과의 만남도 더 이상 즐겁지 않게 느껴지고, 매일 맞이하는 아침이 두렵게 느껴지기까지 한다.

좋아하는 일을 직업으로 삼으면 마냥 행복한 미래가 보장되어 있지 않을까라고 믿었던 때가 있었다. 내가 잘할 수 있는 일, 좋아하는 일이 무엇일까? 오랫동안 고민했고 고민 끝에 아이들을 가르치는 학원을 시작하게 되었다. 작은 공간이었지만 내가 꿈꿔온 일들을 해 나가기엔 충분했다. 아이들이 책과 가까워지고 책과 함께 살아가는 삶을 배워가길 바랐다. 책을 좋아하는 아이들이 생겨날수록 내 일이 가치 있게 느껴졌다. 아이들을 위해 할 수 있는 즐거운 이벤트들을 구상하고 실현해 나가는 일이 재밌고 즐거웠다. 열심히 달려 온 결과 "책이 좋아졌어요.", "우리 아이가 집에서도 책을 사달라고 하네요.", "학원에 다니면서 많이 성장했어요."라는 긍정적인 피드백이 늘어갔다. 아이들의 작은 표현과 성장에도 감사하고 내 마음은 두둥실 구름 위를 떠다녔다. 그렇게 장밋빛 미래가 계속되리라 믿은 것은 나의 착각이었다.

모든 일에는 동전처럼 양면이 존재하듯 좋아하는 일 이면에는 하기 싫은 일도 있기 마련이다. 학원 일도 마찬가지였다. 학원 일은 곧 생계가 달린 일이기도 했기에 홍보로 신규 학생 모집도 해야 하고, 학부모님과 원활한 소통도 이어 가야 한다. 그뿐인가 교육청에서 요구한 서류들도 기한에 맞춰 제출해야 하고, 함께 일하는 선생님들과도 호흡을 맞춰 잘 할 수 있도록 격려하고, 싫은 소리도 해야 할 때가 있다. 그런 날이면 모래를 삼킨 듯 온종일 입이 썼다. 갑작스럽게 아이들과 이별하게 되는 날엔 쌓인 정을 갑자기 떼어내느라 마음도 아팠다. 모든 역할을 완벽하게 해내야 한다는 생각에 사로잡혀 어느 순간 제대로 쉬는 방법도 잊은 채 일에만 몰두하고 있었다. 감사해야 할 학원 문의 전화에도 더 이상 반갑지 않았다. 기력은 점점 소진되고 일의 능률은 점점 떨어져 가고 있었다, 내가 놓치고 있는 것은 무엇이었을까?

평소 나는 밝고 열정적으로 일을 하는 편이라 스스로 번아웃이 왔다는 걸 인정하지 않았다. '일요일 밤에 잠이 안 오는 건 당연한 거 아닌가?', '직장인이면 누구나 그렇지.', '여행하면서 사는 삶이야 누구나 꿈꾸는 삶이지 현실과 이상은 달라.'라며 내 안에 목소리를 들으려고 하지 않았다. 가끔 이유 없이 심장이 두근거리는 일이 잦아지고 만성 두통에 타이레놀을 늘 곁에 두고 다니면서도 '곧 괜찮아질 거야. 다들 이렇게 살잖아.'라는 말로 회피하기에 급급했다. 하지만 이미 내 몸과 마음은 조금씩 신호를 보내고 있었다. 큰 사고가 발생하기 전 수백 번의 작은 징후가 반드시 존재한다는 하인리히 법칙이 있다. 하인리히 법칙처럼 번아웃 역시 우리에게 끊임없이 신호를 보낸다. 만성 두통에 시달리고, 무기력한 나날이 지속된다면 의심해 봐야 한다. '괜찮겠지, 나는 아닐 거야.'라는 생각으로 이런 증상을 가볍게 넘겨서는 안 된다. 증상에 대해 느꼈다면 마주 보고 몸과 마음을 챙겨야 한다.

우리는 흔히 중요한 것은 꺾이지 않는 마음이라고 한다. 정말 그럴까? 물론 목표를 위해서 힘든 상황도 참고 견뎌야 할 때도 있다. 하지만 세상은 늘 우리 마음처럼 흘러가지 않는다. 최선을 다했음에도, 열심히 달려왔음에도 기대와 다른 실망스러운 결과를 받기도 한다. 그럴 때면 가끔은 포기할 줄 아는 용기도 필요하다. 과유불급, 지나친 것은 때로는 독이 된다. 번 아웃은 더 잘하기 위해, 완벽하기 위해, 애쓰는 마음에서 발생한다. 그러나 완벽이라는 기준에 맞추면 우리는 모두 미달일 수밖에 없다. 완벽이라는 것은 그저 보이지 않는 신기루에 불과하다. 이 신기루에 소중한 삶을 낭비하기엔 우리에게 남은 시간이 아깝지 않은가? 완벽하게 해내는 것보다 중요한 것은 때로는 포기할 줄 아는 태도이다. 일은 우리의 전부가 아니다. 이렇게 꺾인다고 해서 절대 인생이 끝나지 않는다. 그러니 우리 몸과 마음이 보내는 신호를 무시하지 말자. 중요한 것은 한 번씩은 꺾일 줄 아는 마음이다.

지치지 않고 나답게 살고 싶은 당신에게 전하는
독서 코칭 전문가의 한마디

자기표현으로서의 독서 | 감요셉

텍스트힙을 아시나요? 독서는 일종의 자기표현이자 자신을 알아가는 과정입니다. 지금 바로 마음에 드는 책을 한 권 골라서 읽고 SNS에 짧은 감상을 써서 올려보세요. 당신도 힙한 사람이 될 수 있습니다.

사랑을 채울 때는 | 구숙경

사랑은 채워도 채워도 좋은 것일까요? 아닙니다. 넘치는 사랑에는 부담감이, 부족한 사랑에는 공허함이 느껴지지요. 그렇다면 사랑에 적정선이 있을까요? 넘치지 않을 정도면 딱 좋을 듯싶습니다. 누구에게나 공평하고 편견 없이 말입니다.

다시 시작 | 김원영

지금, 현실에 치여 고민만 하지 말고, 늦지 않았으니 바로 행동으로 옮겨 자신의 즐거움을 찾을 수 있는 일을 시작해 보세요. 당신이 원하는 새로운 길은 언제나 지금 이 순간부터 시작할 수 있으며, 그 첫걸음이 삶에 큰 변화를 가져올 것입니다.

나만의 길을 찾아서 | 김정은

"모퉁이를 돌면 무엇이 있을지 저도 모르겠어요. 하지만 가장 좋은 것이 기다린다고 믿을래요."라는 '빨간 머리 앤'의 말처럼 내가 가고 있는 길모퉁이 너머 나의 모습은 충분히 바뀔 수 있어요. 당신의 모퉁이 너머에도 분명 좋은 일이 기다리고 있을 거예요. 오늘부터 함께 꿈꿔 나가요.

타인의 시선에서 벗어나기 | 김혜진

인정받기 위해 애쓰며 살고 있나요? 보이는 모습으로부터 행복을 찾지 않았으면 합니다. 내가 결정할 수 없는 타인의 시선과 평가를 의식하다 보면 나를 잃어버릴 수 있어요.

67

열정과 소진 사이
나혜영

당신은 오늘 어떤 하루를 보냈나요? 모든 하루를 마무리하고 잠자기 전, 자신에게 어떤 말을 했나요? 때로는 모든 에너지를 소진한 채, 내일을 내달리기 위해 잠이 드는 저의 밤! 당신의 밤이기도 한가요?

삶의 재구성
백경원

바쁜 현대사회에서 우리는 종종 관망자가 되어 익명성 뒤에 숨곤 합니다. 이제는 숨기보다는 일상의 소소한 순간들 속에서 나만의 행복을 찾아 자신만의 고유한 색깔을 완성해 가면 어떨까요? 삶의 주인으로서, 당신만의 이야기로 매 순간을 채워가세요.

이름의 가치
서가영

"내가 그의 이름을 불러주었을 때 그는 나에게로 와서 꽃이 되었다." 김춘수의 「꽃」에서처럼 이름은 존재에 의미를 부여합니다. 나의 이름을 불러 보세요. 그리고 이름 안에 들어 있는 수많은 모습의 나도 떠올려 보세요. 이름과 함께하는 유의미한 존재인 나를 잊고 살아가고 있는 것은 아닌지 들여다봅시다.

나의 꿈, 나의 번아웃
유소정

"당신의 꿈은 무엇인가요?"
스스로 질문해 보세요. 꿈은 사라지는 것이 아니라, 현실의 무게에 잠시 가려져 있을 뿐입니다. 나를 위한 질문을 멈추지 않을 때, 내가 진정 원하는 삶을 찾아가며 번아웃도 자연스레 멀어질 것입니다.

내 마음의 신호
이하나

우리의 마음속에 신호등을 켜 보세요. 내 마음의 신호가 빨간색이라면 지나친 피로와 무기력이 쌓여 있다는 뜻입니다. 초록색이라면 마음의 여유가 충분하니 가도 좋다는 말이겠지요. 내 마음의 신호가 노란색이라면 속도를 줄여 천천히 가야 할 때입니다. 오늘의 내 마음의 신호는 무엇인가요?

2장

잃어버린
'나'를 찾기 위한
10가지 쉼

번아웃과 행복 사이에 쉼이 있다

감요셉

목표를 정하고 앞만 보고 달려가거나 주변에서 일어나는 일들에만 순간 순간 반응하며 살아가다 보면 누구나 '번아웃'을 경험하게 된다. '이게 정말 맞나?', '나 잘하고 있는 건가?', '이대로 괜찮을까?'와 같은 생각이 문득 든 다. 갑자기 우울감이 찾아오고 모든 것이 허무하게 느껴진다. 나는 사회생 활을 시작한 후로 주기적으로 번아웃을 경험했다. 목표를 세우고 그것을 실현하기 위해 앞만 보고 열심히 달렸다. 목표를 향해 가다 보니 그때그때 반응하고 처리해야 할 일에만 집중하게 되어 나 자신을 돌아볼 시간을 가 질 수 없었다. 그렇게 꽤 오랫동안 나를 돌아보지 않았다.

처음 번아웃을 경험했을 때는 모든 것을 다 놓아버렸다. 달성하지 못한 목표에 좌절해 무기력에 빠졌다. 너무 무리한 목표를 세운 자신을 질책하 며 후회만 반복했다. 한동안 그렇게 있다가 무기력에서 벗어나기 위해 다 시 새로운 목표를 세웠다. 그리고 어김없이 번아웃을 경험하는 것을 반복했다. 서툴렀던 사회초년생 시기의 나는 그랬다. 30대 중반이 된 지금은 번아웃이 올 것 같으면 잠시 멈추고 나를 돌아보는 시간을 갖는다. 나를 돌아보는 것이 진정한 쉼이고 번아웃을 이겨낼 수 있는 원동력임을 알게 되었기 때문이다.

처음에는 나를 돌아보는 방법을 몰랐다. 그래서 무작정 시작한 것이 일기 쓰기이다. 나를 둘러싸고 있는 압박감, 목표를 빨리 이루고 싶은 조급함, 다른 사람과 비교하며 느끼는 열등감 등 나를 괴롭히는 부정적인 생각과 감정들을 꺼내어 기록했다. 나는 이것을 '토해냈다.'라고 표현한다. 내 안에 있는 것들을 일기장에 마구 토해버리고 나면 속이 시원했다. 내가 어떤 걱정을 하고 있는지, 어떤 감정을 느끼고 있는지 단번에 알 수 있었다. 한껏 토해낸 것들은 대부분 부정적인 생각과 감정들이었고 지금 당장 내 힘으로는 해결할 수 없는 걱정들이었다.

'어떻게 벗어날 수 있을까?' 생각한 끝에 책을 읽기 시작했다. 누구나 번아웃을 경험하고 인생에서 힘든 시기를 겪는데, 사람들은 그것을 어떻게 극복하는지 궁금했다. 생각보다 많은 사람들이 나와 비슷한 경험을 했고, 그것을 이겨낸 경험을 가지고 있었다. 방법을 모를 땐 책을 통해 배울 수 있었다. 책 속에 수많은 사람들이 경험을 통해 터득한 지혜가 담겨 있었다. 어떤 어려움이 있었고 어떻게 극복했는지 상세히 기록되어 있었다. 번아웃을 이겨낸 사람들의 공통점은 '나를 생각하는 시간'을 가졌다는 것이다. 생각하는 시간을 갖기 위해 많은 사람들이 선택한 방법은 독서와 운동이었다.

나는 분야를 가리지 않고 읽었다. 에세이, 소설, 심리학, 철학, 자기계발 등 제목이 끌리는 책은 일단 빌리거나 구매해서 틈틈이 읽었다. 책을 읽을수록 나에 대해 생각하는 시간이 많아졌다. 나의 상태도 정확하게 이해할 수 있게 되었다. 독서는 나의 테두리, 즉 한계선을 명확하게 보여주었다. 동시에 그 선을 넘어 더 큰 내가 될 수 있도록, 앞으로 나아가야 할 길도 보여주었다. 책을 읽으며 나에 대해 생각하는 시간이 차곡차곡 쌓이니, 나와 타인, 그리고 세상에 대한 이해의 폭이 넓어졌다. 그러니 조금씩 자신감도 생기고 자존감도 높아졌다. 일종의 자기 확신도 생겼다. 그러면서 번아웃을 경험하는 빈도가 차차 줄어들었다.

우리에게는 쉼이 필요하다. 쉬어도 괜찮다. 빈번하게 번아웃을 경험하고 있다면 쉼이 필요하다는 신호다. 번아웃이 찾아올 때 모든 것을 포기하고 무기력에 빠지는 것은 결코 쉼이 될 수 없다. 나에게는 '나를 생각하는 시간'이 진정한 쉼이 되었다. 나는 이것을 '적극적인 쉼'이라 생각한다. 모든 것을 내려놓기보다 오히려 적극적인 자세로 나를 돌아보고, 나를 이해하고 존중하는 시간을 충분히 가져야 한다. 책을 읽는 순간에는 온전히 나에게 집중하고 생각할 수 있으니, 나에게는 책을 읽는 것이 적극적인 쉼이 되었다.

일기장에도 변화가 생겼다. 가장 큰 변화는 일명 '긍정 치환'인데, 부정적인 감정들을 마음껏 토해내더라도 끝은 긍정적으로 마무리하는 것이다. 지금도 나에게는 여전히 수많은 걱정거리와 부정적인 감정들이 존재한다. 하지만 책을 읽으며 배우고 생각한 것을 토대로 끝에는 꼭 긍정 치환을 한다. 나 자신이 생각하고 느끼는 것들을 꾸밈없이 기록하며 나 자신의 상태에 대해 충분히 인지하되, 나 스스로 자기 확신과 긍정적인 생각을 마음속에 심는 것이다. 그러면 참 신기하게도 마음이 편안해진다.

독서가 글쓰기로 이어지면 좋다. 처음에 부정적인 감정과 후회로 가득했던 일기장은 책을 읽고 얻은 생각들로 가득 차게 되었다. 독서를 통해 생각이 전환되고, 나에 대한 인식도 바뀌었다. 처음에는 무작정 읽기만 했는데 책을 계속 읽다 보니 내 안에 변화가 느껴졌다. 내 안에 의식의 변화, 생각의 변화, 감정의 변화를 기록하기 시작하자 나 자신을 온전히 이해하는 데 도움이 되었다. 나의 상태를 알아차리니 마음이 훨씬 편안해졌다.

나 자신을 제대로 알지 못할 때 우리는 번아웃에 무너지게 된다. 자기 자신을 잘 모르는 사람은 어려움이 닥치면 쉽게 포기하거나 회피하려는 경향을 보인다. 모든 것을 포기하고 그동안 들인 노력을 무가치한 것으로 여긴다. 새로운 일을 시작하거나 방향을 수정해 다시 도전하는 것을 두려워한다. 그러다 영상 콘텐츠나 게임과 같은 도피처를 찾아 몰두하다가 중독 상태에 빠지게 된다. 얼핏 보기에는 아무것도 하지 않고 회피하는 행위가 쉼처럼 보일 수 있다. 하지만 그것은 진정한 쉼이 아니다. 번아웃에 무너졌다면 잠시 멈추고 자기 자신을 돌아보아야 한다. 그래야만 진정한 쉼을 얻을 수 있다.

독서와 글쓰기도 좋지만, 운동과 글쓰기도 함께하는 것도 좋다. 나는 책을 읽고 글을 쓰는 다음 단계로 하루 10분 달리고 운동 일기를 쓰기 시작했다. 걷거나 달리는 행위는 온전히 나 자신에 대해 생각할 수 있는 시간이다. 처음 5분은 내 안의 걱정과 근심이 쏟아져 나온다. 다음 5분은 새로운 아이디어와 목표가 떠오르고 도전정신이 솟아난다. 물론 항상 그런 것은 아니다. 9분 내내 걱정거리가 쏟아져 나오고, 1분은 긍정 치환을 하는 경우도 있으며, 달리는 10분 내내 새로운 아이디어가 샘솟는 날도 있다. 그것을 기록하는 것이 중요하다.

글쓰기는 나 자신을 이해하는 가장 좋은 수단이다. 글을 쓰며 하루 단위로 나를 이해할 수도 있고, 일주일이나 한 달 단위로 내가 쓴 글을 읽어보면 장기적으로 내가 어떤 사람인지 이해하는 데 도움이 된다. 결국 나에 대한 이해는 행복한 감정으로 이어진다. 행복이란 결과가 아니라 과정이다. 매일 느껴야 하는 감정이다. 우리는 행복이라는 감정을 느낄 때 진정으로 쉼을 누릴 수 있다.

'힘듦'으로 채워졌을 때 '쉼'으로 비워내자

구숙경

오래전에 논술 지도사, 독서 지도사, 독서 치료사 과정을 차례대로 공부했다. 중간중간 과제 제출도 해야 했고 시험도 쳤다. 시험에 통과하면 심화 과정으로 진급할 수 있었다. 시간은 꽤 걸렸지만, 수업 내용이 유익하고 좋았다. 특히 독서 치료는 심리 치료사, 청소년 상담사 과정으로 이어졌다. 독서 치료 수업을 들으면서 잘 알려지지 않은 치유적인 책들을 많이 알게 되었다. 유아 행동 개선 관련 도서부터 아동기, 청소년기, 특수 아동, 성인과 노년기 우울증 관련 도서까지 참 다양했다. 잘 알려진 책도 있었는데 그중 앤서니 브라운의 『돼지책』은 동화책이지만 어른인 나를 치유해 주었다. 표지에는 엄마가 가족들을 업고 있다. 아빠와 두 아들을. 엄마를 제외한 나머지 가족들은 웃고 있다. 책을 몇 장 넘기면 엄마의 표정이 보이지 않는다. 분명 얼굴은 있는데 말이다. 보일 듯 말 듯 흐릿한 표정에는 엄마의 힘듦이 고스란히 담겨 있다. 나는 마음속으로 내가 주인공인 일인칭 주

인공 시점의 소설을 써 내려갔다. 그냥 딱, 내가 주인공이었다. 책 속 엄마
는 가족들의 아침을 차려주고 아이들을 학교에 보내고 집 청소까지 한 후
직장에 다녀왔다. 다시 가족들 저녁 차려주고 설거지하고 남편 와이셔츠를
다렸다. 그러던 어느 날 엄마가 가출했다. 현실 속 나도 가출한 적이 있다.
몸이 가출한 적은 없지만, 머리가 가출했다. 바로 내 머릿속 정전이 일어난
것이다.

　큰 애가 중학교에 입학한 지 얼마 되지 않았을 때였다. 하루는 큰 애가
학교에서 수학 올림피아드에 참가했다고 말했다. 수학과 과학을 특별히 좋
아해서 그런지 알아서 잘도 참가했다. 며칠이 지나고 최우수상을 받아왔는
데 알고 보니 정보 올림피아드 예선이었다. 정보도 수학이 기본 바탕인 과
목이어서였을까? 학교 대표로 나간 본선에서도 은상을 탔다. 좋아하는 과
목의 공부를 실컷 하고 싶었던 큰 애는 어느 날 영재고등학교에 입학하겠
다고 했다. 중학교 1학년의 절반이 훌쩍 지나버린 상황이라 시간이 너무 촉
박했다. 하지만 큰 애는 계획이 다 있었다. 이미 정보 올림피아드 상이 있
고, 거기에 물리 올림피아드 상도 받아 우선 선발로 합격해 보겠다는 거였
다. 우선 선발 합격은 1차 서류전형에서 상위 몇 프로 내의 뛰어난 학생을
먼저 선발하는 것이다. 큰 애의 의지는 확고했고 열정도 있었다. 그런 걸
보면 목표가 있다는 것은 정말이지 중요한 것 같다. 그 당시 꿈이 있던 큰
애의 표정은 아주 행복해 보였다. 어느 날 회식하고 늦게 귀가한 남편이 큰

애 방에 불이 켜져 있어 들어갔더니 누가 들어가는지도 모를 만큼 집중해서 공부하고 있었다고 한다. "너무 늦었다 빨리 자라."고 했더니 "아버지 나는 꼭 물리 올림피아드에서 상 받을 거예요. 그래서 영재고등학교에 우선 선발로 합격할 거예요."라고 웃으며 말했다는 것이다.

그런데 그때의 나는 나름대로 최선을 다하고 있었지만 해내야 할 일들이 너무 많았다. 매일 생기는 바쁜 업무, 늘 나만 보면 아프다고 하는 남편, 나를 놓지 못하는 친정엄마, 항상 마지막 순서였던 안쓰러운 둘째. 게다가 일 년에 여섯 번이나 되는 시댁 제사. 거기에 주부가 해야 하는 일은 또 얼마나 많은가. 아이들 학교 행사도 참석했고 설명회도 다녔다. 역할이 너무 많아 어느 것 하나 소홀히 한 것이 없었지만 어느 것 하나 제대로 된 것이 없었다.

결국 일이 터졌다. 다 잘 해내려다 보니 내 머리에 과부하가 걸렸다. 정신을 차리고 보니 큰 애가 열심히 준비한 물리 올림피아드 원서 기간이 지난 것이다. 그것도 딱 하루가! 수화기 너머로 "죄송하지만, 지금은 접수 기간이 아닙니다."라는 멘트. 청천벽력이었다. 정전될 때 갑자기 '탁' 칠흑같이 어두웠다가 다시 갑자기 '탁' 환해지는 그런 느낌이었다. 원서 접수는 부모의 몫이다. 그런데 그 중요한 것을 놓치다니! 큰 애는 저렇게 열심히 공부하고 있는데 말이다. 사막에서 물병의 물을 실수로 쏟았을 때 그런 기분일까? 결국 미루고 미루다 용기를 내어 말했다. 처음에는 장난치지 말라며 개구쟁이 웃음을 지어 보였다. 그러면서도 순간 큰 애의 눈빛이 흔들렸다. 제발 장난이길 바라듯. 나는 곧 눈물이 나왔고 그 눈물의 의미를 알게 된 큰 애의 눈가가 붉어졌다. 큰 애는 이내 등을 돌리고 어깨를 들썩거렸다. 그 뒷모습을 지금도 잊을 수가 없다. 짠한 아들, 미안한 아들, 세상 누구보다 사랑하는 아들인데. 내가 왜? 대체 왜!

　문득 아들이 어릴 적 잠자기 전에 읽어주던 탈무드 동화가 생각났다. 어떤 한 아이가 엄마 몰래 유리병에 든 사탕을 한가득 손에 쥐고 손을 빼내려고 하는데 손이 빠져나오지 않아 울고 있었다. 아이의 엄마가 우는 소리를 듣고 달려왔다. 그리고 "사탕을 조금만 놓아보렴."이라고 말했다. 아이는 손에 가득 쥐고 있던 사탕을 조금 덜어내고서야 손을 빼낼 수 있었다. 하나라도 내려놓을걸. 왜 중요한 것과 덜 중요한 것을 다 챙기려 했을까? 미련스럽게. 욕심스럽게.

　이제는 그것도 다 경험이 되었다. 큰 애는 그 이후부터 아주 중요한 일이 있을 땐 본인이 직접 챙겼고 엄마가 해야 하는 거라면 묻고 또 물었다. 고3이 되어서 학생부 종합전형으로 수시 면접을 가야 하는데 마침 목요일에서 일요일까지 연속으로 날짜가 잡혔다. 서울대, 고려대, 연세대, 카이스트 모두 1차 합격했기 때문이었다. 큰 애는 숙소를 예약했는지, 차편은 어떻게 됐는지 계속 물었고 불안해했다. 내가 아들에게 준 트라우마 같아서 입이 열 개라도 할 말이 없었다. 얼마 전 방학이라 큰 애가 집에 왔다. 도란도란 얘기하다가 어릴 적 그 얘기도 하게 되었다. 한동안은 절대 입 밖으로 꺼내지 않았던 그 얘기를. 나는 울컥했는데 큰 애는 덤덤하게 말했다. "그때 왜 그 랬어요?" 하고는 내가 끓여준 김치찌개를 맛있게 먹었다. 이제는 상처가 꽤 아물었나 보다. 말을 안 해서 그렇지, 오랫동안 상처가 되었겠지.

노자는 『도덕경』에서 비움이 곧 채움이라고 했다. 가득 채워졌을 땐 비워 내야 한다. 그래야 다시 채울 수 있다. 나는 비워내지 못하고 있었다. 그 많은 걸 붙잡고 있었다. 이제는 안다. 소중한 것을 지키려면 덜어내고 비워내고 쉬어야 한다는 것을.

공감, 나를 치유하는 쉼터

김원영

학교에서 쉬는 시간에 아이들의 모습을 보면 참 다양하다. 엎드려 자는 아이, 친구와 떠드는 아이, 책을 펴서 읽는 아이, 음악을 듣는 아이, 교실과 복도를 이리저리 뛰어다니는 아이. 나는 쉬는 시간에 혼자만의 시간을 가지는 것이 좋았다. 나를 온전히 쉬게 할 수 있는 건 혼자만의 자유를 만끽하며 나에게 온전히 집중할 수 있는 시간을 갖는 것이었다. 그래서 나는 혼자 걷는 것을 좋아했다. 등하굣길에 친구와 이야기를 하며 걷는 것도 좋았지만 마음이 지칠 때는 다른 약속을 핑계를 대고 혼자 걸을 기회를 만들곤 했다. 약속이 많다는 오해를 받기도 했지만 혼자 생각에 빠져 걷거나, 아무 생각이 없이 걷다 보면 복잡했던 머릿속이 정리되는 것이 좋았다. 성인이 되어서는 혼자 자전거를 타거나 드라이브하는 것을 좋아했다. 파란 하늘, 이름 모를 풀과 들꽃을 보며 뺨을 스치는 바람까지 맞으면 특별한 일이 없어도 신나는 일이 생긴 것처럼 절로 미소가 지어졌다.

우리는 분주한 일상을 살아간다. 하루의 시작부터 끝까지 이어지는 크고 작은 걱정과 셀 수 없이 많은 고민 속에서 자신을 잃어버리기 쉽다. 이런 일상 속에서 우리는 종종 자신의 감정과 주변 사람들의 마음을 깊이 들여다볼 여유를 잃어버린다.

부부관계에서 종종 겪는 갈등은, 서로의 힘듦을 알아주길 바라는 마음에서 시작되곤 한다. 가정 내에서 각자 맡은 역할을 묵묵히 해내면서도, 어느 순간 그 고충을 상대방에게 인정받고 싶은 욕구가 커진다. 하지만 이 과정에서 서로의 어려움을 경연하듯 내세우기 시작하면 대화는 감정적인 충돌로 변한다. 자신이 더 힘들다고 주장하며, 상대방의 노력을 평가절하 하는 순간, 인정받으려는 마음은 상처가 되고, 결국 다툼으로 이어진다. 이런 시기에, 공감은 단순한 감정의 공유를 넘어, 마음속의 쉼터가 된다.

공감이란 서로 다른 사람들의 마음을 이해하고, 그들의 기쁨과 슬픔을 함께 나누는 과정이다. 누군가 내 이야기에 귀 기울이며 고개를 끄덕여줄 때, 우리는 혼자가 아님을 느끼고 마음을 더 따뜻하게, 단단하게 만들어 준다.

아이가 자라며 공감할 수 있는 일들이 많아졌다. 나는 비 오는 날씨를 좋아한다. 시원하게 내리는 빗소리도 좋지만, 비가 내린 후 맡을 수 있는 비 비린내, 빗물 가득 품은 흙냄새가 좋다.

"큿큿."

"이야, 비 냄새난다. 엄마가 좋아하는 비 냄새, 맞지?"

코를 벌렁거리며 큿큿거리던 아이들이 내뱉은 말에 피식 웃음이 나왔다. 지난밤, 비가 내리고 난 후 아이들과 함께 등굣길에 나서는데 아이들이 내가 좋아하는 비 냄새를 먼저 맡고 말해주었다. 내가 좋아하는 것을 공감해 주는 아이들의 말 덕분에 마음이 편안해졌다.

아이의 작은 공감의 말이 마음속 깊은 곳에서 메아리치며, 마치 오래전부터 기다려온 말을 들은 것처럼 기뻤다. 아마도 그 짧은 순간에, 그간의 수고로움에 대해 내가 자신에게도 건네지 못했던 말을 들었던 게 아니었을까? 작은 말 한마디에 이렇게 깊이 감동할 수 있다니, 공감이 지닌 힘이 느껴지는 순간이었다. 그 순간은 나에게 작은 우주의 변화처럼 느껴졌다. 바쁜 일상 속에서 스쳐 지나갈 수 있는 그 짧은 말들이 나를 다시 일으켜 세우기도 하고, 마음에 잔잔한 울림을 남긴다. 그 속에 나를 바라봐 주는 따뜻한 시선과 이해가 담겨 있음을 알기에, 작은 말 하나에도 나의 마음은 따뜻해지고 위로받는다. 결국, 내가 받은 감동은 말 자체가 아니라 그 말에 담긴 공감의 마음 때문이 아니었을까?

고속도로를 달리다 보면 졸음쉼터를 볼 수 있다. 처음 운전할 때는 아무리 피곤하더라도 졸음쉼터에 들어가는 것이 겁이 났었다. 빠른 속도로 달리다 짧은 구간 속도를 줄여 졸음쉼터에 진입하고, 다시 고속도로로 진입할 때는 달려오는 차량의 거리와 속도를 확인하며 들어가야 했다. 그리고 뒤따르는 다른 차들의 속도에 맞춰 굉음을 내며 갑자기 속도를 올려야 하는 것이 어렵게 느껴졌다. 그래서 졸음쉼터에서 잠시 쉬어가는 것보다는 피곤과 졸음을 참아내다 휴게소를 택하기 일쑤였다.

내 인생을 고속도로 위를 달리는 자동차에 비유하자면, 지금은 쉼터로 노련하게 진입하기 위한 용기와 기술이 필요한 시점이다. 도착 지점은 멀게만 느껴지고, 지금 쉬면 이마저도 다시 따라가지 못할까 봐 전전긍긍하고 뒤따라오는 걱정과 불안감에 아슬아슬하게 버티고 있는 내가 불안했다. 하루하루가 벅차오르고 때로는 숨조차 쉴 수 없을 만큼 많은 것들이 나를 둘러싸고 있었다. 더 많이 일하고, 더 많이 성취하고, 더 많이 사랑하고 싶었지만, 점점 지쳐갔다. 인생이라는 고속도로를 달리다 보면, 거창한 휴게소만을 찾기보다는 잠시 졸음쉼터에 들러보는 것도 좋다. 그곳에서 뜻밖의 평온과 작은 쉼을 만날 수 있을지도 모른다. 아직 노련한 기술은 없지만 한 번쯤은 나를 위해 다 내려놓고 긴장감에서 벗어나 나를 오롯이 챙겨야겠다.

얼마 전 진흙으로 된 산길을 맨발로 걸었다. 차갑고 말캉한 진흙의 느낌이 발바닥을 통해 온몸으로 전해졌다. 진흙을 느끼며 걷다 보니, 바람에 흩

날리는 나뭇잎, 몸을 부딪치는 소리와 각기 다른 목소리로 만들어내는 새들의 노래가 들리기 시작했다. 다른 생각들은 모두 사라지고, 감각을 통해 들어오는 것들에만 집중하는 게 너무나 좋았다. 혼자만 느낀 것이 미안해서 주말에 아이들과 함께 다시 찾았다. 그런데 아이들이 나와 똑같은 생각을 하고 느끼는 걸 보니 신기했다. 하긴, 아이들도 힘들었을 텐데 아이들의 마음을 살펴 주지 못한 미숙한 엄마라서 미안한 마음이 들었다. 아이들과 함께 이야기하며 걸어보자. 아니면 마음이 맞는 다른 사람이어도 좋다. 함께 걷는 시간 동안 자연스럽게 서로의 이야기에 귀 기울일 수 있고, 그 과정을 통해 나도 모르는 사이에 공감과 위로를 얻을 수 있다. 아이들과의 소소한 대화가 주는 그 따뜻한 공감이, 진정으로 의미 있는 쉼이 되었다. 지금은 혼자가 아닌 아이와 함께 걷는 이 시간이 내게는 쉼이다.

잠시 쉬어가도 결말은 바뀌지 않는다 ㄱ

얼마 전 소위 그냥 쉬는 청년들이 많다는 뉴스를 본 적이 있다. 구직활동을 위한 노력을 해보려는 의지도 없이 그냥 쉬고 싶다는 보도였다. 부모님 세대는 일하는 것을 당연하다 생각해 오히려 쉼을 어려워한다. 그런데 젊은 세대들은 욜로족, 파이어족 등 쉼을 목표로 살아가기도 한다. 무엇이 정답이라고 할 순 없겠지만 중간중간 잘 쉬어가는 시간은 꼭 필요하다. 예전에는 쉬어가면 나만 도태될 것 같고, 그 때문에 일의 성과나 결말이 달라지지 않을까 걱정스럽던 순간들이 있었다. 그런데 잠시 쉬어간다고 해서 결말이 바뀌지는 않는다.

이르다면 이른 나이에 한 결혼 생활은 내 계획대로 흘러가지 않았다. 결혼하고, 아이를 낳고, 일을 시작해보고 싶던 계획은 화장대 서랍처럼 뒤죽박죽이 되었다. 학원 오픈을 목표로 학원에서 일하며 경험을 쌓아가고 있을 때였다. 엄마의 건강검진에서 좋지 않은 소식을 들었고, 나는 당장 일을 그만두고 8개월의 시간 동안 엄마의 항암치료 과정을 함께했다. 8번의 항암치료가 끝난 뒤 내가 계획했던 학원을 시작했다. 그리고 학원을 오픈한 지 딱 한 달도 되지 않아 엄마의 항암치료 검진 결과에서 폐로 암이 전이되었다는 소식을 듣던 날, 모든 자식은 이기적이라고 했던가. 돌아오는 길에도 나는 엄마의 참담한 마음보다 '앞으로 일은 어떡하나.'라는 생각만 했다. 다시 또 길고 긴 치료과정이 이어졌다. 엄마의 치료과정을 함께하며 학원도 조금씩 자리를 잡아 갈 무렵, 이번에는 내가 사는 대구를 시작으로 코로나가 확산됐다. 힘든 일은 언제나 예고도 없이 한꺼번에 찾아온다. 영화 예고편처럼 결말은 모르더라도, 조금이나마 줄거리를 알려준다면 마음의 준비라도 할 텐데 말이다. 내가 생각한 결말과는 다르게, 엄마는 조금씩더 안 좋아졌다. 엄마의 간절한 기도도 통하지 않았다. 점점 더 안 좋아지는 몸 상태를 느낀 건지, 엄마는 치료받던 병원을 옮기고 싶어 했고, 고민끝에 서울의 한 병원으로 전원을 결정했다. 이 시기에 일어난 모든 일은 최악이지만 우리는 최선의 선택지를 골랐다. 또 결과적으로 내 삶의 모든 방향이 바뀌었다.

2020년, 엄마와 마지막 4개월을 함께할 수 있었던 것은 코로나 덕분이었다. 모든 일상생활이 잠시 멈추었던 때, 학원은 내 자의와는 상관없이 기약 없이 문을 닫아야 했다. 만약 그 시기들이 겹치지 않는다면 아마도 엄마와 더 많은 시간을 함께할 수 없었을 것이다. 폐로 전이된 암은 뼈로, 뇌로 더는 손을 쓸 수 없을 정도로 빠르게 엄마의 기억을, 마음을, 모든 것을 앗아갔다. 매일매일 홀로 화장실에서 숨죽여 울며 병원 생활을 하던 그 시절, 낯선 서울에서의 병원 생활과 밤마다 들려오는 엄마의 울부짖음. 그래도 돌아갈 수 있다면 다시 한번 엄마의 따스한 손을 맞잡고 미처 전하지 못한 모든 진심을 토해내고 싶다. 내 목숨을 줄 수만 있으면 긴 시간이 아니더라도 괜찮으니 제발 조금의 시간이 더 주어지길 바랐다. 그때 병원이라는 공간은 이기적인 나를 오히려 겸손하게 만들어 주는 장소였다. 아픈 엄마를 보면서 오히려 이 세상 모든 것들에 감사하게 되고 작은 것에도 위안을 얻게 되는 공간. 양가적인 마음을 하루에도 수십 번 누르며 알지 못하는 타인에게 위로를 받기도, 위로를 주고 싶기도 한 이타적인 마음이 드는 곳이었다. 잠시 스친 타인을 위해 진심으로 기도하는 것을 배웠다. 그곳에서의 나는 한없이 겸손해졌다. 재력도, 나이도, 결국 건강과 목숨 앞에서는 누구나 겸손해지게 된다.

태어날 때 엄마를 보며 가장 먼저 우는 것도 자식이고, 부모의 마지막을 보며 끝까지 우는 것도 자식이다. 엄마는 나에게 사랑한다는 말도, 먼저 가서 미안하다 잘 지내라는 말도 하지 않은 채 떠나갔다. 엄마의 임종을 홀로 지켰다. 평소 마음이 여린 나를 알기에 주변 사람들이 괜찮냐고 물었을 때 나는 오히려 다행이라 생각했다. 엄마에게 하고 싶었던 말들을 마지막 가는 순간까지 다 쏟아낼 수 있어서. 차가워지는 엄마의 몸을 끌어안고 마지막으로 내 체온이라도 나눠줄 수 있어서. 사람의 마음을 무게나 값으로 측정할 수 있을까? 누가 더 사랑하고, 누가 더 상처를 받았는지 무게를 달아 재어볼 수 없다. 엄마와의 이별 후, 감히 어떠한 말로도 설명할 수 없었던 그 순간들은 마음을 측정할 수 없기에 버틸 수 있었는지도 모르겠다.

만약 저 시간이 나에게 주어지지 않았더라면 더 아프고 상처받고 힘들었을 것이다. 세상을 살며 겪었던 모든 일 중에 가장 힘든 시간이기도 했지만 돌이켜보면 가장 찬란한 시간이었다. 누구보다 나를 더 잘 알게 됐고, 나의 이면적인 모습을 끊임없이 마주했다. 아픈 엄마를 짧은 시간 간병하며 느낀 수많은 감정과 처음 본 내 밑바닥의 모습을 겪으며 한 뼘 더 성장할 수 있었다. 자의가 아닌 휴식이었지만, 나에게는 더없이 소중한 시간이었다. 이 시간이 없었더라면 엄마와의 이별 속에 갇혀 한참을 허우적거렸을지도 모른다. 쉬지 않고 일했어도, 잠시 쉬어갔어도 엄마의 죽음이라는 결말은 바뀌지 않았겠지. 그 결말에 다다를 때까지 마주한 선택들에 최선을 다했기에 후회하지 않는다. 오히려 잠시 쉬어갔던 그 시간 덕분에 나를 돌아볼 수 있었다. 씩씩하게 살아갈 힘을 선물로 주고 떠난 엄마가 누리지 못했던 시간을 감사한 마음으로 살아가겠다고 결심했다. 결국, 쉼은 또 다른 길을 만났을 때 내가 왔던 길을 되돌아보고 다시 한 발 내디뎌볼 용기와 힘을 줬다. 쉬는 법을 알면 그 시간을 잘 활용할 수 있지만 제대로 쉬어보지 못한 사람은 쉬는 법을 몰라 자칫하면 우울증이나 번아웃에 빠지기 쉽다.

　쉼도 연습해야 한다. 우리 마음에도 방학이 필요하다. 매번 쉬어갈 순 없어도 어릴 때 방학을 손꼽아 기다렸던 것처럼 짧은 쉼은 나를 돌아볼 수 있게 도와준다. 쉬는 것을 불안해하지 말고 아이들처럼 방학을 즐겨 보는 건 어떨까. 살다 보면 너무 힘들고 지쳐 아무것도 하고 싶지 않을 때가 있다. 사람들의 "힘내라."라는 말 한마디도 버겁게 느껴진다. 이미 없는 힘 다 쥐어 짜내서 버티는 중인데 어떻게 더 힘을 내라는 건지 상대의 위로조차 짐이 되는 순간이다. "힘들면 쉬어도 돼." 그럴 때는 그냥 옆에서 누군가가 지켜봐 주고 오늘 하루쯤은 쉬어도 괜찮다는 무심한 말이 더 위로된다.

　지친다는 건 내 마음에 방학이 필요하다는 신호이다. 짧은 봄방학도 좋고, 조금은 긴 겨울 방학이어도 상관없다. 방학이 끝나고 나면 새로운 학기가 시작될 것이다. 힘들 때는 쉬어가도 괜찮다. 내가 쉬어간다고 해서 내 삶의 결말이 바뀌지는 않는다. 그러니 우리 잠깐 쉬어갈까?

괜찮은 척은 그만, 나를 위한 작은 변화

김혜진

부탁하고 거절하는 일은 누구나 어렵다. 상대방의 기분과 태도의 변화를 유난히 의식하고 신경 쓰는 나는 부정적인 이야기를 주고받는 일이 특별히 더 힘들게 느껴진다. 그래서일까? 나는 언제나 좋은 모습을 보이려고 애를 쓴다. 내가 필요하면 어디든 달려간다. 그렇게 나의 쓸모 있음에 만족한다. 하지만 정작 내가 하고 싶은 말은 제대로 하지 못할 때가 많다. 초등학교 때 주말마다 갔던 목욕탕에서 아빠와 함께 바나나 우유를 마시며 걸어 나오는 남동생이 항상 부러웠지만 "엄마, 우리도 바나나 우유 사 먹어요."라는 말은 한 번도 하지 못했다. 가까운 지인들의 특별한 날은 잊지 않고 챙긴다. 하지만 내 마음의 크기와 같지 않음을 느낄 때 공허함이 밀려온다. 남편에게 매달 생활비를 받아서 쓰는 일도 참 어색하고 불편했다. 해도 해도 티가 나지 않는 청소와 빨래 육아를 하며 별다른 성과도 없이 생활비를 달라고 이야기하는 내 모습이 이상하게 초라했다.

이렇게 내 자존감은 바닥으로 떨어졌고 번아웃을 만났다. 물을 가득 머금은 솜뭉치를 등에 얹고 강을 건너는 당나귀처럼 점점 무기력해졌다. 틈만 나면 누워 있고 집안일은 미룰 대로 미뤘다. 해야 할 일을 자꾸 미루어 놓으면서 엉망이 된 집을 지켜보는 마음은 또 불편해지고 초조함을 느끼지만 나는 어느 하나 해내고자 하는 의지가 없었다. 아무것도 손에 잡히지 않는 상태로 남편이 집에 오는 금요일이 되면 벼락치기 하듯 겨우겨우 몸을 움직였다. 세심하고 꼼꼼한 성격의 남편에게 나는 이제 더 이상 살림 잘하는 똑 부러지는 아내로 보이지는 않을 것이라는 걱정은 한없이 나를 작아지게 만들면서도 움직이게 하는 이유가 되기도 했다. 남편에게조차 완벽하게 잘 지내는 척, 행복한 일주일을 보낸 척을 하며, 어떻게 하면 더 괜찮아 보일지를 고민해야 했기에….

악순환이 반복되던 어느 날, 청천벽력과도 같은 일이 벌어졌다. 폐렴을 앓고 회복 중이던 둘째 아이의 몸에 원인 모를 멍 자국이 계속 생겨나기 시작한 것이다.

"특발성 혈소판 감소증입니다. 대학병원으로 가셔야 해요."

처음 듣는 생소한 병명에 하늘이 무너지는 것 같았지만 무서워할 겨를도 없었다. 정신 차리고 아이를 지켜야 했다. 이 병은 자신의 혈소판을 바이러스로 착각하고 공격하는 병이다. 혈소판 수치가 낮으면 지혈을 할 수 없다. 아이는 작은 상처에도 매우 위급해질 수 있어 당장 입원해야 했다. 수치가 3만을 넘어야 퇴원과 일상생활이 가능하다 보니 매일 면역치료를 받고 피 검사를 했다. 아침마다 병실이 떠나가라 울어대는 아이를 토닥이며 수치를 확인했다. 점심 메뉴는 무엇으로 정할지 열띤 토론을 펼쳤다. 하루에 한 편만 보기로 약속했던 만화 영화는 어떤 내용이 특히 기억에 남는지 이야기 나누며, 내일은 퇴원할 수 있기를 기도하고 잠들었다.

이렇게 아이와 나, 둘만 있는 한 평 남짓한 입원실에서 단순하게 숫자 하나에 울고 웃는 시간을 보내다 보니 복잡했던 마음들이 정리되기 시작했다. 지금 내가 아이 곁에 있는 유일한 버팀목이듯 나는 우리 가족에게 없어서는 안 될 존재이다. 다만 나의 역할과 존재의 가치가 희미해지면서 마치 쓸모없는 사람이 된 것 같은 불안함이 결국 나를 무기력하게 만든 것이 아닐까? 남들에게 보이는 나의 모습에 집중하며 애를 쓰고 살다 보니 진짜 나를 잃어버린 것이다.

『이토록 멋진 휴식』이라는 책에서 저자는 "제대로 된 적극적인 휴식은 그저 일하지 않는 것이 아니라 그 자체로 삶의 활력을 주면서 자기 내면을 좋은 에너지로 채우는 의식적 휴식."이라고 했다. 제자리를 맴도는 것 같았던 일상은 접어두고 진짜 나를 찾기 위한 휴식을 다짐했다. 무기력했던 일상을 좋은 에너지로 채울 방법을 고민하다, 다이어트를 시작했다. 결혼 전에 입었던 옷을 다시 입어보는 것을 목표로 한 나는 20kg이나 빼야 했다. 아침은 삶은 달걀과 샐러드, 점심은 현미밥과 푸짐한 반찬으로 든든하게 먹고 저녁은 단백질 셰이크나 닭 가슴살을 먹었다. 오전에는 아파트 25층까지 계단 오르기로 유산소운동을 하고 아이들을 재우고 난 저녁 시간에는 유튜브 영상을 참고하여 근력운동을 했다. 누구나 계획하지만 아무나 성공하지 못하는 다이어트! 그 소소하지만, 대단했던 시간을 보내고 나니 나를 찾아가는 일이 재미있어졌다. 이룰 수 있는 작은 목표를 만들고 운동으로 복잡한 생각을 정리하다 보니 어느 순간 나는 즐기고 있었다. 목표했던 몸무게로 건강한 나의 예전 모습을 되찾았고 바닥까지 떨어졌던 자존감도 서서히 회복되고 있었다. 온전히 나로 살기 위해 엄청나게 큰 그림을 그릴 필요는 없다. 이뤄야 할 작은 목표를 정하고 과정을 즐기려고 노력하다 보니 무기력한 생활에서 벗어나 활기를 되찾았다.

속도가 느리고 조금만 사용해도 뜨거워지는 휴대전화를 수리하러 간 적이 있다. 휴대전화의 성능에는 전혀 이상이 없었다. 휴대전화는 앱을 실행하고 종료하는 과정에서 필요한 데이터를 메모리에 올려두었다가 비운다고 한다. 이 과정이 반복될 때 깨끗하게 비워지지 않은 메모리가 누적되면 메모리 누수(memory leak) 현상이 발생한다. 이것을 방지하기 위해 휴대전화의 전원을 주기적으로 껐다 켜주면 좋다는 것과 가득 찬 사진 영상파

일을 비우라는 말을 듣고 돌아왔다.

주기적으로 껐다 켜주면서 비워내는 시간을 갖지 않으면 발생하는 메모리 누수 현상처럼 사람에게도 주기적으로 번아웃이 찾아올 것이다. 그때마다 고장이 난 상태로 머무를 수는 없지 않을까? 번아웃은 몸에서 보내는 휴식 신호이다. 자신을 소진하며 무작정 달리다가 힘을 잃었다면 잠시 스위치를 끄고 회복할 수 있는 시간이 필요하다. 매일 마시던 아메리카노를 달콤한 바닐라 라테로 바꾸어보는 것, 새로운 향수를 뿌리고 향긋한 하루를 보내는 것처럼 작은 변화로 기분 전환을 해보는 것도 좋다. 나에게 에너지를 주는 취미활동을 찾아 즐겨보는 일, 더 나아가 진짜 나를 찾아, 나에게 집중하는 시간을 가지는 것도 추천한다. 모두에게 잘 보이려고 애쓰지 않아도 된다. 남들에게 보이는 삶을 살기 위한 열정은 비우자. '내가 원하는 삶은 어떤 것인가? 나에게 가장 중요한 사람은 누구인가? 나는 언제 행복한가? 다시 행복해지려면 나는 무엇을 해야 할까?'

바쁜 엄마를 위한 딸의 특별한 쪽지

나혜영

　아침에 눈을 뜨고 본 나의 얼굴이 애처롭다. 자는 내내 무서운 꿈에 시달렸던 것일까. 손에 쥐면 부서질 것 같은 나뭇잎처럼 생기가 없다. 유독 세면대 거울 앞에서 나를 마주하는 순간이 싫을 때가 있다. 몰아치듯 일은 쌓여가고 내 가족조차도 볼 여유가 없을 때가 그렇다. 무거운 눈을 비비며 씻어본다. 아무리 비벼도 나의 얼굴이 지워지지 않는 날이다. 바로 1년 전이었다. 쌓여 있는 일을 처리하느라 밤 11시가 되어서야 집에 들어왔다. 남편에게 아이들을 부탁하는 잠깐의 통화만 남긴 나, 고단한 몸을 이끌고 아이들이 잠에서 깨지는 않을까 조심스레 문을 열었다. 그때 현관 조명이 켜지고 내 눈앞을 비춘 건 7살 딸의 쪽지였다.

　"금방 괜찮아요. 엄마 사랑해요. 엄마 시간업죠. 저도 아라요."

그 쪽지를 보는 순간 눈물이 왈칵 쏟아졌다. 도대체 무엇을 안다는 이야기일까? 아직 조그맣고 천진난만한 아이가 아닌가? 난 그 자리에 주저앉아 한참을 울었다. 현관 조명이 꺼지고 짙은 어둠이 내려앉도록 움직일 수 없었다. 아이들과 함께해 주지 못한 나의 미안한 마음을 들켜버린 것 같아 미안했다. 그보다 괜찮다며 다독이는 딸의 위로가 내 마음의 바닥에 닿았다. 그래서 아리도록 아팠다. 딸은 엄마의 힘겨워하는 표정의 변화, 짙은 한숨도 알고 있었다. 엄마의 축 처진 어깨를 보고 있었다. 남편과의 통화 속 들리는 나의 말투 하나도 새겨듣고 있었다. 아… 아프다.

가족들에게 미안한 순간들이 떠올랐다. 나는 왜 아침을 깨우는 아이들을 부둥켜안고 잘 잤냐며 속삭이지 않았을까? 아침밥을 먹는 두 아이의 두 눈을 바라보며 오늘 기대되는 일은 무엇인지 묻지 않았을까? 왜 난 딸처럼 엘리베이터 문이 닫히는 순간까지 사랑한다고 말해주지 않았을까? 손수 솔잎차를 타 준 남편에게 왜 고맙다는 말도 아꼈던 것일까? 손녀, 손주를 보고 싶어 하는 아버지를 만나는 일을 남편에게 미룬 걸까? 엄마가 만든 음식을 엄마 손으로 버리도록 둔 것일까? 잠자리에 누운 아이들에게 전화 통화조차 하지 않은 걸까? 난 내 마음의 거울을 잘 들여다보고 있는 걸까?

나를 진정 위하는 일은 내가 중심을 잃지 않고 바로 서는 것이다. 나의 뒷모습이 흔들리지 않는 것이다. 하지만 마흔을 갓 넘긴 맞벌이를 하는 두 아이의 엄마에게 아이와 이야기할 시간은 한정적일 수밖에 없다. 일과 육아를 완벽하게 잘하고 싶은 것은 나의 욕심일 뿐이다. 사실 아날로그식 '증기기관차'인 나를 넘어서는 일이다. 딸의 쪽지에 댓글을 남겼다.

"엄마가 우리 딸에게 배우는 것이 참 많다. 일 마무리되면 엄마와 뭐 하고 놀까?"

딸의 대답은 나의 예상을 빗나갔다. 대단히 특별하거나 어려운 일이 아니었다. 딸은 골똘히 생각조차 하지 않고 말했다. 엄마와 자기 전에 책을 함께 읽고 싶다고 했다. 온 가족이 함께 모여 저녁 식사를 하고 싶다고 했다. 그렇다. 쳇바퀴처럼 굴러가는 일상에도 반짝이는 순간들이 무수히 많다는 것을 잠시 잊고 지냈다. 밝은 대낮에도 별은 총총히 빛나고 있다는 것을 놓치고 있었다.

하루는 아들의 유치원 차량 시간이 촉박하여 가방을 챙기지 못한 적이 있었다. 유치원 가방을 메지 못한 채 차에 올라탄 아들은 내심 속상했는지 연신 눈물을 훔쳤다. 평소에는 엄마를 향해 환하게 인사를 해주던 아들은 나와 반대 방향 창을 응시한 채 횡하니 가버렸다. 난 아들에게 쪽지를 써 가방 속에 넣었다.

"아들, 속상했지? 엄마의 마음에도 비가 내렸단다. 우리 이따 웃으며 만나."

아들은 유치원에서 하원을 하며 엄마의 쪽지를 몸에 붙이고 나온다. 작은 손으로 귀한 보물 다루듯 그 쪽지를 매만지고 또 들여다본다. 엄마를 꼭 안으며 말한다.

"엄마, 엄마 쪽지를 보고 눈물이 나올 뻔했어."

아들은 여전히 그날의 일을 또렷이 기억한다. 아무 기대 없이 연 수저통 속 엄마의 쪽지에서 위로를 느꼈던 것일까. 그날 이후 스스로 가방을 챙기며 감동적이었다는 말을 되뇐다. 그렇다. 글은 백 마디 말보다 더 진한 여운을 남긴다. 딸의 쪽지는 나의 행동을 돌아보는 거울이다. 아들에게 보낸 나의 쪽지는 그날의 슬픔을 치유하는 마법이다. 내가 할 수 있는 일은 쪽지를 나누는 것이었다. 아이 그림에 대한 칭찬부터 아이들, 남편을 위한 시를 썼다. 그 찰나의 생각이 날아가지 않도록 꾹꾹 눌러 쪽지에 새겼다. '작은 종잇조각'인 쪽지는 일상의 보물을 담는 창이 되었다. 언제부터인가 아이와 시작한 쪽지 나누기는 거실 한쪽 면을 채우기 시작했다. 엄마가 바빠 보일 때면 아이들은 쪽지를 슬그머니 주고 가기도 했다. 집 안 구석구석 쪽지에 또 댓글이 달리고 우리만의 비밀 이야기가 쌓여갔다. 유치원 수저통에 붙인 쪽지를 보고 아들은 답장을 써주기 시작했다. 엄마가 그랬던 것처럼 쪽지를 가방에 숨겨둔다. 오늘은 어떤 답장일지 보물을 찾는 아이가 된 나, 마냥 신난다.

누구나 찾을 수 있는 일이다. 나에게 '쉼'은 하던 일을 잠시 멈추고 일상 속 의미 있는 순간들을 만나는 것이다. 잊고 지낸 일을 생각하면 피식피식 웃음이 새어 나온다. 온 마음에 번지는 미소가 나를 일으켜 세운다. 거실 벽이 반짝이고 위로가 된 순간들로 채워진 것처럼, 일상 속 소중한 순간들은 이미 우리 곁에 있다. 누군가는 옛 핸드폰 속 사진에서, 우연히 발견된 공책에서 찾을 수 있다. 누군가와 함께 갔던 잊었던 장소에서, 어릴 적 먹었던 추억의 음식에서 찾을 수 있다. 쉼 없이 바쁜 나날이지만 잠시 가빠진 숨을 천천히 쉬어보자. 내 마음을 고요히 바라보자. 내 주변도 찬찬히 들여다보자. '쉼'은 우리에게 무언의 메시지를 전한다. 날마다 반짝이는 순간들을 놓치지 말라고, 다시 오지 않을 찬란한 순간의 의미를 잊지 말라고.

딸아, 오늘도 특별한 순간을 선물해줘서 고마워.

바쁜 삶 속의 작은 쉼

백경원

'왜 나만 바쁠까?'

운전을 하다가 문득 그런 생각이 들었다. 빽빽이 모여든 도로 위 차들은 모두 여유로워 보이는데, 그 속에서 오직 나만 동분서주하며 바쁘게 움직인다. 그렇다고 특별한 약속이 있는 것도 아닌데 유독 나만 바쁘다. 세월아 네월아 운전하는 앞차가 답답하기 그지없다.

'도대체 그들은 어떤 삶을 살기에 저리도 여유로울까?'
'도대체 나는 어떤 삶이기에 이리도 바쁜 걸까?'

그런 내 마음의 다급한 궁금증은 나를 더욱 흔들어 놓았다. 특별한 이유도 없이 급한 마음은 주변을 돌아볼 여유조차 잃게 하고, 내 모든 생각을 늘 불안하게만 지배했다.

　그러고 보면 나는 아파도 잠시 쉬는 법이 없었다. 오히려 혹시라도 아플까 봐 노심초사하며, 나의 컨디션을 즉각즉각 체크했다. 그래서 잠들 때는 목을 보호하기 위해 마스크를 끼고, 영양제로 나의 에너지를 늘 보충했다. 눈을 떴을 때 감기몸살이라도 앓고 있는 날이면, 당장 병원으로 뛰어가 링거 투혼으로 버티며 일어서곤 했다. 지금 생각해 보면 잠시 쉬어가도 좋았을 텐데 싶다. 그렇게 앞만 보고 달려와 고개를 들고 보니 어느새 중년을 향해 달려가는 노멀(Normal) 아줌마가 되었다. 특별히 이루어낸 것 없이, 그저 한곳에 머무르며 지냈던 삶이었다. 그런 나와는 달리, 사람들은 모두 활기차게 움직였다. 어쩌면 나의 무미건조한 삶 때문에 나와 정반대인 사람들만 유독 눈에 띄었을지도 모르겠다. 그들은 일과 쉼 사이에서 균형을 찾으며 자신의 삶을 우선시하고 끊임없이 전진을 거듭했다. 그 과정에서 만족감과 삶의 의미를 알아가며, 자유롭게 자신만의 길을 걸었다. 분명 내가 더 많이 일했고, 내가 더 바빴으며, 내가 더 악착같이 몰입했다고 자신할 수 있는데 그들이 나보다 더 좋은 시너지 효과를 냈다.

　흔히들 알고 있는 『토끼와 거북이』 이야기를 현대적인 시각으로 다시 본다면, 아마 토끼가 더 지혜로운 인물로 평가될 것이다. 쉬지 않고 앞만 보고 나아간 거북이보다, 눈앞에 펼쳐진 아름다운 풍경을 감상하며 잠시 쉬어가는 토끼가 더 현명하다고 여겨질 것이다. 비록 결승점에는 늦게 도달했지만, 토끼는 다시 오지 않을 그 시간을 누렸기에 진정한 승자는 토끼라고 재해석할 수 있다.

사실 나는 처음부터 『토끼와 거북이』 이야기 속 거북이 같은 존재는 아니었다. 남들보다 발 빠르게 정보를 수집하고 실천에 옮기며, 삶 속에서 휴식의 가치를 아는 현명한 삶의 주인으로 살아왔다. 그때는 일뿐 아니라 휴식 속에서도 모든 것에 적극적이었다. 운동, 일, 사랑, 우정… 무엇 하나 놓치고 싶지 않은 마음에 꽤 일찍 아침을 열었고, 가장 늦게 하루를 마무리했다. 그때의 내 삶 속에는 분명 꿈이 있었고 열정이 있었다. 그래서 짧은 휴식 속에서 얻는 여유로움도 선물 같았다. 항상 충전의 시간을 가지며 나를 일으켜 세우고, 늘 성장하는 나를 만들었다. 그렇게 더 단단해지는 내면을 바탕으로 나의 존재감을 서슴없이 뽐내곤 했다. 그러나 어느 순간 가족, 일, 육아를 모두 챙겨야 할 나이가 되고 보니 내가 주인공인 삶은 과한 욕심이라는 생각이 들었다. 엄마, 아내, 딸, 며느리라는 여러 옷을 하루에도 수차례 갈아입으며 고군분투하는 사이, 나의 삶은 점차 사라져갔다. 여자라면 누구나 결혼과 동시에 겪게 되는 일들이지만 단 한 순간도 나를 돌아볼 겨를 없이 살아온 데는 또 다른 이유가 있다. 급작스럽게 하늘나라로 떠나버린 아빠의 부재와 동시에 나에게는 무수히 많은 일이 일어났다. 아들을 먼저 떠나보낸 할머니는 충격으로 알츠하이머를 진단받았고 예고도 없이 남편과 사별한 엄마는 심각한 우울증에 빠졌다. 하나뿐인 오빠는 타지방에 있었고 나는 슬퍼할 겨를 없이 이 모든 것들을 감내해야 했다. 몸과 마음이 온통 멍든 듯 아팠지만 모든 것을 책임져야 한다는 생각에 그때부터 나는 나를 다락방 구석으로 깊숙이 넣어둘 수밖에 없었다. 아이들을 키워야 했고, 치매 할머니를 돌봐야 했으며 우울증 엄마를 지켜야 했다. 요양원과 정신병원을 오가며 차 안에서 많이도 울었다. 모두가 희로애락을 겪으며 살아가지만 나를 토닥이고 쉬게 하는 법을 몰랐던 나에게는 너무나 힘겨운 나날이었다. 내가 무너지면 모든 것이 무너진다는 생각에 늘 모든 안테나를 가족들에게 곤추세울 뿐 내 몸이 얼마나 무너지는지, 내 마음이 얼마나 무뎌지고 있는지 알려고 하지 않았다. 나는 그렇게 나를 다락방에 가둬둔 채 쉼 없이 살아왔다.

"안녕하세요. 여기 지난번 건강검진 한 곳입니다."

유난히 힘든 어느 날, 낯선 번호로 전화가 걸려왔다. 지난번 건강검진결과를 간단하게 전달하며 내원을 권유하셨다. 내용인즉슨 몸에 이상이 감지되었고 내원해 정밀검사를 받아보라는 거였다. 사실 그렇게 몸을 혹사했는데 안 아픈 것이 이상했다. 두려운 마음에 병원 내원을 계속 미뤘다. 그러던 어느 날, 성당에서 미사 시간에 들은 신부님의 강론이 내 마음을 움직였다.

"가족을 돌보며 자기 아픈 줄 모르고 살았던 한 여인이 시한부를 선고받고 저를 찾아와 자신이 죽기 전에 꼭 사과하고 싶은 사람이 있다고 고백을 했습니다. 그런데 그 사과하고 싶은 사람은 다름 아닌 자기 자신이었습니다. 가족들을 위한답시고 정작 자신이 하고 싶은 거 하나 못하고 돌보지 못한 자신에게 미안하다며 사과하고 싶다 하더라고요."

마치 나에게 들려주듯 전해주는 이야기에 왈칵 눈물이 쏟아졌다. 그러며 나 자신에게 너무 미안했다. 나의 부재로 가득했던 삶. 앞만 보고 달려온 나날들이 주마등처럼 스쳐 지나갔다. 모두를 위한 일이라며 내 이름조차 잊은 채 여기까지 달려온 나를 따사로이 안아주고 싶었다. 오롯이 나를 위해 시간을 내어주며 나에게 이렇게 말해주고 싶었다.

"충분히 잘해왔고, 이제 충분히 쉬어도 돼."

그때부터 나는 나 자신에게 쉼을 선물하기로 마음먹었다. 그 누구도 아닌 나를 위한 휴식. 유명 베이커리 가게를 찾아 내가 좋아하는 시나몬 빵을 사거나, 마음에 드는 소설책을 고르러 나서며 온전히 나를 위한 시간을 만들어 가고 있다. 그렇게 소소하게 얻어가는 나의 행복거리로 케케묵은 다락방의 먼지들을 털어내는 중이다.

모두가 저마다의 사연을 안고 산다. 휴대폰 속에서 동경하던 그들의 화려한 삶에도 분명 저마다의 사연이 있다. 이렇게 원치 않는 고난이 내 앞에 닥치더라도, 잠시 쉬어가며 나를 어루만지고 상황을 헤쳐 나갈 방법을 탐색해보면 좋겠다. 모두 다 짊어지려고 하지 말자. 힘들 땐 잠시 쉬어가고, 주변을 돌아보며 토끼처럼 여유를 가져보자. 도착점이라는 목표에 이르는 것도 중요하지만, 그 목표만을 바라보며 나아가면 가는 길에서 마주치는 소중한 것들을 놓칠 수 있다. 조금만 고개를 들고 세상을 내다보면, 나를 위해 준비된 세상이 보일 것이다. 남들보다 조금 늦으면 어떤가? 나를 비추는 햇살 쨍쨍한 양지가 언제가 되었든 기다리고 있음을 기억하자. 모두가 토끼처럼 자신에게 달콤한 휴식을 허락할 수 있는 여유로운 삶을 누리길 희망한다. 어떤 상황 속에서도 끝까지 이겨내는 사람은 결국 자신을 소중히 여기고, 스스로를 지킬 줄 아는 사람이다. 나를 돌보며 고난을 넘어서는 힘을 기억하길 바란다.

저마다의 속도대로

서가영

번아웃 증후군은 뉴욕의 정신전문가 프로이덴버거가 사람들의 무기력함을 설명하기 위해 '소진'이라는 단어를 사용한 것에서 유래되었다고 한다. 자동차의 연료가 소진되어 움직임을 멈추듯이, 인간 또한 스스로 움직일 수 있는 힘을 다 써버렸을 때 정신적, 육체적으로 무기력해진다. 무작정 열심히 살았을 뿐인데 아무것도 못하는 무기력 상태가 되었을 때의 그 허무함은 말로 설명할 수 없을 것이다. 번아웃 증후군을 앓는 사람들을 보고 어떤 사람들은 다 그렇게 살아가는 거라고 넘어가고 누군가는 정신력이 약하다고 상처의 말을 하기도 한다. 그런데 이런 생각이 들었다. '번아웃' 즉, 무엇인가가 '소진'되었다는 것은 내 안의 연료들을 충분히 사용했다는 것이다. 열심히 살았다는 증거이다. 각자의 속도대로, 방향대로, 그게 정답이 아니더라도 본인의 능력 이상을 소진했다는 것은 스스로 당당할 만큼 열심히 살았다는 것이다. 오히려 내 몸이 버겁다고 신호를 보낸다면 속도를 조

2장 잃어버린 '나'를 찾기 위한 10가지 쉼

절할 소중한 기회를 얻은 것이다. 자동차는 연료가 소진되어 쉬는 동안 연료를 다시 충전하지 않으면 움직일 수 없지만 우리는 이와 달라서 잠시 쉬는 동안 쉼의 질에 따라서 다시 한번 더 나아갈 수 있는 힘을 얻기도 한다. 쉬어도 괜찮다.

모든 일들에는 절정이 존재한다. 꽃이 만개하거나 단풍이 절경을 이루는 그 순간 우리는 봄과 가을의 정점에 왔음을 안다. 그리고 매미의 울음소리가 강하게 귓등을 때리고 세찬 바람이 얼굴과 부딪치고 몸을 웅크릴 때 여름과 겨울의 한중간을 지나가고 있음을 느낀다. 소설 속 이야기들도 절정에 치닫고 나서야 결말로 나아간다. 그것이 해피엔딩이든, 새드엔딩이든. 우리 삶도 다를 바 없다. 지금 내 마음이 너무 버겁다면 내 삶 속 이야기 챕터 하나의 절정에 도달하고 있다는 것이다. 그 갈등이 해결되어야만 우리는 비로소 결말에 도달한다. 그 결말이 새드엔딩일까 봐 걱정되기에 더욱 마음이 고달픈 것은 아닐까. 결말은 해피엔딩이어도, 새드엔딩이어도 괜찮다. 겨우 수많은 삶 속 챕터 중 하나일 뿐이다. 모든 이야기가 해피엔딩이어야 할 필요는 없으며 새드엔딩도 명작이 될 수 있다. 오히려 그런 명작일수록 오랜 시간이 지나도록 사람들의 마음에 강하게 남아 있다. 아름다운 절정들도 시간이 지나고 나면 다 사라지며 우리는 그 사라지는 것들에 의미를 부여하면 된다. 노래 가사처럼 지나간 것은 지나간 대로 그런 의미가 있다. 우리가 지나온 삶을 돌아보면 그렇지 않은가.

내향형인 나는 복잡한 것을 좋아하지 않고 약속이 하루에 두 개 이상 있는 경우가 거의 없으며 주말 중 하루는 집에서 휴식을 취해야 한다. 하지만 친밀한 사람들과 대화하고 생각을 나누고 듣는 것을 좋아하기에 주기적으로 시간을 내어 마음 맞는 사람들을 만나 이야기하고 웃으며 하루를 마무리하곤 한다. 공감대를 가진 사람들과 감정을 공유하기도 하고 나와는 다른 사람들의 이야기를 들으며 내 삶을 반추해 보는 그 순간들이 나에게는 가치 있는 시간이다. 한 번 귀에 꽂힌 노래는 주변 사람들이 놀랄 정도로 반복해서 들으며, 마음에 들어온 드라마는 대사를 외울 정도로 돌려보기를 반복한다. 새로운 맛집보다는 오랫동안 방문하여 추억이 쌓인 가게를 선호하고 여행지 또한 행복한 기억을 준 포인트가 있으면 그것만으로 다시 갈 의미가 있다고 생각하는 편이다. 하루하루를 알차게 보내는 것보다 계절이 지나갈 때쯤 '그래, 이번에 괜찮게 지냈네.'라는 생각이 드는 것에 만족한다. 외향적이고 새로운 것을 좋아하고 다양한 것들에 민감하게 반응하며 밝은 에너지를 가진 사람들의 눈으로 보았을 때는 아마도 삶이 단조로워 보일지도 모른다.

이런 성향을 가진 나도 한때는 앞만 보고 달려가야 하고 미래를 위해 쉼 없이 내달렸던 적이 있었다. 그것이 맞다고 생각했다. 목표가 있었고, 그 목표에 도달하기 전까지는 하루를 허투루 보내지 않고 알차게 보내야 했다. 수면을 줄였고 일정 시간마다 알람을 맞추며 하루를 온전히 쓰려고 했다. 좋아하는 것들은 제쳐두고 소소한 연락들은 웬만하면 하지 않고 계절을 즐기지 못하고 스스로 다잡아 가며 보냈다. 물론 그렇게 사는 것이 괜찮은 사람도 있다. 자동차마다 나아갈 수 있는 속도와 기능이 천차만별이듯이 사람도 다 다르다. 문제는 내가 그런 사람이 아니었다는 것이다. 지쳐갔고 행복하지 않았다. 결국 그 목표는 달성하지 못했고 그해 겨울 나는 그것을 포기하기로 했다. 이십 대를 바친 나의 목표는 사라졌다. 내 삶 속 이야기의 한 챕터는 그렇게 새드엔딩으로 끝났다. 그리고 그렇게 나에게 쉼의 시간이 찾아왔다. 스스로 원한 휴식이 아니었다. 머리를 쓰기도 싫고 더 이상의 불확실한 일들에 내 감정을 소모하고 싶지 않았다. 자의든 타의든 시간은 잘도 흘러갔고 봄이 되자 따뜻한 기운이 돌기 시작했다. 조금씩 에너지가 생기기 시작했다. "시간이 약이다."라는 말은 그저 남을 위로해 주기 위해 만든 뻔한 말이 아니라 동서고금을 막론하고 누구에게나 똑같이 적용되는 진리라는 것을 깨달았다. 그리고 다시 새로운 목표를 가지게 되었다.

자, 이제 다시 한번 나아가 보자. 호기롭게 한 발 내디뎠건만 여전히 나는 한 번씩 찾아오는 삶의 버거움에 휘청거린다. 누군가에게 단조로워 보이는 내 일상도 사실은 혼자만의 치열한 싸움인 날들이 훨씬 많다. 남들은 쉽게 넘어가는 것들이 마음에 걸릴 때도 있고, 삶의 무게가 벅찰 때도 있다. 이것이 나의 한계인가 자책하기도 한다. 하지만 달라진 것이 하나 있다. 내 마음의 연료가 소진되지 않는 법을 이제는 안다는 것이다. 연료가 얼마 남지 않

앉다면 속도를 조절해 보기도 하고 그다음 주유소를 찾아보기도 한다. 달려

보고 또 쉬어보니 이제야 보인다. 버겁다면 잠시 속도를 늦추어봐도 괜찮다

는 것. 타이어가 펑크 났다면 그 공간을 채울 시간만 가진다면 또다시 나아

갈 수 있다는 것을 말이다. 나아가기가 버겁다면 꽤 오랜 시간 멈춰 서서 있

어도 괜찮다. 생각보다 내 삶의 속도에 관심을 가지는 사람들은 없다. 아무

도 신경 쓰지 않는데 괜히 눈치 보여서 혼자서 내달리다가 타이어가 펑크

나는 불상사가 생기는 것은 너무도 어리석은 짓 아닌가. 나만의 속도대로

그렇게 살아가 보자. 지나간 것들에 의미를 부여하면서.

쉼의 필요성

그저 달리다 보면 결승선에 도달하는 줄 알았다. 그런데 결승선이라는 건 없더라. 잠시 쉬어가라는 말은 나를 불안하게 만들었고, 쉬고 있는 나 자신을 발견했을 때는 도태되는 기분이었다. 그래서 그냥 무작정 달렸다. 달리는 내내 상처가 나는 줄도 몰랐다. 어느 순간 그 상처가 욱신거리기 시작했을 때, 나도 모르게 울고 있었다. 내가 무엇을 위해 이렇게 달렸던가? 우리는 매일매일을 바쁘게 살아간다. 이상하게도 바쁘게 살지 않으면 남들보다 뒤처진다고 느껴진다. 그렇게 매일 분초 단위로 살다 보니 출근길 버스정류장 옆에 피어난 작은 민들레 한 송이조차 보기 어려웠다. 어느 순간, 나는 건전지가 떨어진 시계처럼 멈춰버렸다. 그렇게 사직서를 당당히 내밀었다. 사실 당당히는 거짓말이다. 지난 수년간 고생한 자신에 대한 기특함, 힘든 상황 속에서 미련하게 버텨낸 모습에 대한 분노, 일과 사람에 한없이 치여 작아져 버린 내 모습에 동정, 나를 불쌍히 여기는 감정에 벅차오르는 눈물을 멈출 수 없었다. 사직서를 내밀 때 말했다.

"사람답게 살고 싶어요."

직장 상사의 괴롭힘, 힘든 업무 강도 모두 다 내가 당연히 헤쳐 나가야 하는 일이라 생각하며 수년간 버텼다. 야근은 필수였다. 정시 퇴근하는 날에는 어김없이 상사의 비수가 날아와 꽂힌다. 이 일은 당연히 내가 버텨야 해. 버티지 못하면 창피한 거야. 이 정도는 누구나 하잖아. 신은 버틸 수 있는 시련만 준다고 하는데 나를 시험하는 게 아닐까? 별의별 말로 스스로 가스라이팅 했다. 그런데 어느 순간 초점이 나가버렸다. 내가 지금 왜 이렇게 일하고 있는지, 무엇을 위해 살아가고 있는지 알 수 없었다. 모든 걸 그만두고 싶었다. 이러다가 내가 나를 잃어버릴 수도 있다는 생각이 들었다. 잠깐의 며칠 휴식이 필요한 걸까? 고민했지만, 이 회사에 있는 한 나를 영영 잃어버린 채 살아갈 것 같다는 생각이 들었다. '가장 늦었다고 생각할 때가 가장 빠른 때이다.', '퇴사는 지능 순' 항상 웃어넘기던 장난스러운 말, 이번만큼은 진지하게 생각하고 이 말에 힘을 빌려 결국 나는 과감히 퇴사했다. 퇴사 당일, 무서움과 설렘이 뒤섞여 기분이 오묘했다. 그래도 마지막 책임감이라고 혹독한 내 자리에서 버틸 다음 사람을 위해 인수인계 파일을 차례대로 정리하고, 책상은 깨끗하게 치웠다. 명함도 쓰레기통에 버렸다. 명함을 버린 순간의 짜릿함은 마치 콜라를 단숨에 마시는 짜릿한 느낌과 같았다. '○○ 회사 ○○ 부서 ○○ 사원'이라는 나의 무거운 겉옷을 드디어 벗었다.

사실 퇴사하면 하늘이 무너지는 줄 알았던 탓에 걱정도 되고 주변 사람들의 시선도 두려웠다. 퇴사하고 3일간 내 모습은 길을 잃은 아이처럼 어디로 가야 할지를 몰랐다. 그런데 며칠이 지나도 내 걱정이 무색하게도 아무 일도 일어나지 않았다. 더욱이 사람들은 나에게 큰 관심조차 없었다. 그래서 과감하게 조금 더 쉬길 결정했다. 여유를 갖고 쉬어보니 이제 주변을 둘러볼 여유가 생겼다. 책상에 쌓여 있던 책들이 가장 눈에 먼저 띄었다. "아 참 나 책 좋아했지?" 바쁘게 일하는 동안 첫 장도 펼치지 못한 내 책에는 소복한 먼지가 쌓였다. 먼지를 털어내고 침대 귀퉁이에 앉아 책을 읽기 시작했다. 처음 펼쳐본 책은 『나는 나답게 살기로 했다』 지금 당장, 이 순간이 두려운 나에게 가장 위안이 되는 책이었다. 약 2년 전 즈음 구매했던 책인데 그 당시에는 이 책을 읽으며 분명 자신 있게 "나답게 살아야지!"라고 외쳤었다. 하지만 나를 잃어버린 지금 '다시 나를 찾을 수 있을까?' 마음속에서는 두려움이 앞섰다. 그래도 다시 시작해보고 싶었다. 책 77페이지 즈음, 울컥하는 문장이 있었다. "스스로 판단하고 결정하며 삶을 일구는 것이 나다운 삶입니다. 그 시작을 위해 자신에게 천천히 관심을 기울여 보세요." 얼마나 오랫동안 나 자신을 외면해왔으면 이 문구 하나에 눈시울이 붉어질까. 덕분에 조금씩 여유를 가지고, 나 자신과 주변을 돌아볼 수 있었다.

　우선 가장 가까운 부모님과 대화를 나누었다. 함께 사는 가족임에도 불구하고 내 얼굴 보기가 너무나도 어려워 연예인인 줄 알았다나? 또 회사 스트레스가 심하다고 얼마나 예민하게 구는지 눈치를 엄청나게 봤다나? 과장이 심하다. 그렇게 투덜투덜 대시면서도 내가 회사를 그만두고 얼굴 마주할 시간이 많아지니 내심 좋으셨단다. 힘들게 들어간 회사 왜 퇴사했냐고 뭐라 할까 봐 잔뜩 겁먹은 강아지처럼 움츠려 있었는데 괜찮다며 잠시 쉬어가는 과정이라 생각하라며 다독여주시는 부모님에 가슴이 뭉클했다. 부모님의 따뜻한 그늘 아래, 나를 응원하는 좋은 책들 사이에서 잠시나마 여유를 가지니 넓은 세상이 보이기 시작했다. 내가 잃어버렸던 것들도 새록새록 떠오르기 시작했다.

　사람들은 대부분 쉬는 것을 무서워하여 쉬지 못한다. 내 경력이 정체될 것이라는 두려움, 스스로 도망치는 걸지도 모른다는 착각, 내 행동을 이해할 수 없다는 타인의 시선에 대한 경계 이 모든 것들이 나를 쉴 수 없게 만드는 방해 요소이다. 잠깐 쉼이라는 이름 아래 끝없는 낭떠러지와 같다. 그렇게 쉬었을 때 내 마음속 불안의 감정들이 스스로 괴롭히느니 차라리 힘들더라도 쉬지 않고 사는 게 마음이 편하다고 생각했다. 그런데 당장은 괜찮을지언정 장기적으로는 결국 나를 망치는 길이었다. 정말 잠시라도 쉬면서 나를 돌아보는 시간이 필요하고 중요하다. 사람은 마음에 여유가 있을 때 나를 포함한 주변까지도 둘러볼 수 있다. 그리고 그 여유를 통해 나 자신과 마주할 시간을 갖는다. 내가 좋아하는 것, 내가 하고 싶었던 것을 시도해보며 숨 고를 시간을 갖게 된다면 나의 삶에는 원동력이 생길 것이다. 그럼 앞으로도 내가 어떤 힘든 일이 닥쳐도 그 원동력으로 이겨낼 힘이 생길 것이다. 그래서 우리는 잠시 쉴 필요가 있다.

일상에 파란색을 채우자

이하나

쉼을 생각하면 떠오르는 단어는 무엇일까? 바라보기만 해도 마음이 후련해지는 바다, 그림처럼 맑고 선명하게 펼쳐진 하늘, 잔잔한 호수, 여름을 알리는 파란 수국. 파란색을 떠올리면 어딘지 모르게 평온하고 청량한 쉼이 자연스레 생각난다. 쉼을 색깔로 표현하자면 분명 파란색이 아닐까? 나는 파란색을 좋아해서 일상에서도 파란색을 늘 곁에 두고 있다. 잘 때 입는 옷, 하늘색 무늬가 있는 담요, 시원한 파도의 그림이 담긴 액자까지. 파란색을 찾는 순간마다 숨은그림찾기를 하듯 소소한 즐거움은 찾아온다. 쉼을 생각하면 마치 힘들게 올라간 산 정상에서 마시는 맑은 공기처럼 상쾌하고 입가에 기분 좋은 미소가 지어진다.

내비게이션에 목적지를 입력하면 가장 빠르게 갈 수 있는 최적의 길을 한눈에 알려주듯 우리 인생도 이렇게 모든 경로가 명확히 보인다면 얼마나 편리할까? 교통이 막히는 곳은 빨간색으로, 원활한 구역은 초록색으로 표시해 우리가 어느 길로 가야 할지 안내해주고 이 막힘이 언제 시작되고 끝나는지 알려준다면 마음의 안정을 얻고 인내심도 갖게 될 것이다. 하지만 인생에 내비게이션은 존재하지 않는다. 그저 정해진 주행속도대로 달리기만 하면 될 것 같지만 예상하지 못한 정체에 거북이걸음도 경험하게 된다. 안개같이 뿌연 정체 속에서 답답함과 막막함이 커지는 순간 모든 걸 내려놓고 싶어진다.

그러나 장거리 운전에도 모든 순간이 힘든 것만은 아니다. 사막의 오아시스 같은 휴게소라는 존재가 우리를 기다리고 있다. 나는 운전에 지칠 때면 휴게소에 들러 소떡소떡이나 그 휴게소에서만 맛볼 수 있는 유명한 간식을 먹으며 허기를 달래기도 하고, 커피 한잔을 하며 여행에 들뜬 사람들의 표정을 구경하면서 함께 설레어하며 잠시 숨을 고르기도 한다. 끝이 보이지 않는 인생의 정체가 언제 끝날지는 알 수 없지만, 목적지로 향하는 길 중간중간에 휴게소 같은 쉼을 넣어보면 어떨까? 목적지에 빠르게 도착하려는 마음 대신 잠시 멈춰 휴게소에서만 느낄 수 있는 특별한 순간들을 즐겨보자. 쉼이라는 달콤한 매력을 느끼면 길고 지루한 여정도 조금은 견딜 만해진다.

쉼은 우리 삶에 꼭 필요하지만, 여전히 많은 사람은 아무것도 하지 않는 것에 죄책감을 느끼며 쉼조차 온전히 즐기지 못하고 있다. 나도 마찬가지였다. 작년을 마무리하며 가족과 푸꾸옥 여행을 계획했을 때, 나는 일상에서 벗어나는 것이 무모하고 대책 없는 결정처럼 느껴졌다. 학원을 운영하는 나는 자리를 비운다는 생각만으로도 큰 부담이 되었고 여행 날짜가 다가올수록 걱정이 눈덩이처럼 불어났다. '아이들이 찾지는 않을까?', '학원에서 무슨 일이라도 생기면 어떻게 하지?' 최악의 시나리오를 그려갔다. 그러나 비행기에서 내리고 푸꾸옥의 낯선 공기를 마주한 순간 그런 걱정은 조금씩 사라지기 시작했다. 일상으로부터 조금 떨어졌을 뿐인데 나를 답답하게 조이고 있던 매듭들이 조금씩 느슨해지기 시작했다.

호텔에 짐을 대충 풀고 수영장으로 향했다. 수영장 앞에는 넓은 바다가 이어져 있었고 이른 시간 덕에 사람들도 없이 한적했다. 바다에 있는 선베드에 누워 깊고 고요한 바다를 가만히 바라보고 있으니 어느새 내 내면에 집중하게 되었다. 파도처럼 나의 걱정과 근심도 흘러가는 걸 느꼈다. 과거에 대한 후회도, 미래에 대한 불안도 없는 순간이 감사하고, 평온했다. 아무것도 달라진 것은 없었지만 그 순간 일상의 복잡함으로부터 잠시나마 해방된 듯했다. 열심히 달려왔던 나에게 이 여행은 너무나도 절실했던, 그리고 꼭 필요했던 순간이었음을 깨달았다.

누군가는 시원한 에어컨 바람이 나오는 방에서 침대에 누워 밀린 영화나 드라마를 보며 쉼을 보내고 누군가는 여행을 통해 일상에서 벗어나 쉼을 보낸다. 쉼의 종류는 모두 다르지만 지친 일상에서 벗어나 회복할 에너지를 줄 수 있다면 어떤 방식이라도 상관없다. 단지 나에게 어떤 쉼이 필요한지 알아가는 과정이 필요하다. 20대 때 나는 여행을 가면 유명한 관광지나 맛집을 하나도 놓치지 않으려 하루에 2만 보 이상을 걸었다. 짧은 여행에도 공백은 없었다. 누구랑 어디를 가는지가 가장 중요했다. 그런 빡빡한 일정은 결국 피로감만 남겼다. 30대가 된 나는 여행을 가더라도 호텔에서 머무르며 아무것도 하지 않으면서 혼자만의 시간을 보낸다. 이제는 누구와 어디를 가는지보다는 일상에서 지친 내 마음을 돌아보고 회복할 수 있는 시간이 간절하기 때문이다. 그렇게 지친 마음을 돌아보고 회복하려면, 나를 한 걸음 떨어져서 보는 게 중요하다. "인생은 가까이서 보면 비극, 멀리서 보면 희극."이라는 말도 있지 않은가. 내 일상도 조금 떨어져 바라보면 꽤 괜찮아 보인다. 그러다 보면 어느새 '이제 한번 또 슬슬 힘을 내볼까?' 생각이 슬그머니 들곤 한다.

알렉산드로스 대왕이 가르침을 받기 위해 그리스의 철학자 디오게네스를 찾아갔다.

"지금 가장 바라시는 게 무엇입니까?"

"세계 정복을 하고 싶네."

"다음은 무엇을 하고 싶습니까?"

"그러면 나도 인생을 좀 즐기고 쉬어야겠지."

참 어리석은 일이다. 쉬고 싶으면 지금 쉬면 되는데 세계 정복 후에 쉬겠다니 알렉산드로스는 결국 전쟁에서 돌아와 33살의 젊은 나이에 사망하고 만다. 우리는 언제나 늘 다음을 생각한다. 이것만 끝내고 난 다음에 부자가 되면 성공한 다음에 그 뒤에 찾아오는 휴식만이 완전하고 달콤하다고 생각한다. 그러나 인생은 결승점을 향해 달려가는 달리기가 아니다. 쉬고 싶을 때 그늘에 앉아서 피어 있는 꽃도 보고, 하늘도 한 번씩 올려다보며 여유를 즐겨보는 그 과정 과정이 우리의 삶 자체가 아닐까? 정신없이 바쁘게 살아오던 일상을 멈추고 초록 불을 켜는 순간 앞으로 또 앞으로 나아갈 힘이 생긴다. 인생이란 이런 순환의 반복이다. 더는 못할 것처럼 숨이 차올랐다가도 물 한 잔 마시고 나면 앞으로 달릴 힘이 저절로 솟아난다. 저마다의 모습으로 일상에서 파란색을 채워보자. 쉬어가는 길이야말로 더 멀리 가는 방법이니까.

지치지 않고 나답게 살고 싶은 당신에게 전하는
독서 코칭 전문가의 한마디

적극적인 쉼 | 감요섭

번아웃에 모든 것을 내려놓으면 괜찮아질까요? 그렇지 않습니다. 나 자신에 대한 깊은 이해가 진정한 쉼이 됩니다. 행복하기 위해서는 자신을 이해해야 합니다. 독서와 글쓰기, 그리고 가벼운 운동으로 적극적인 쉼을 누리세요.

비움과 채움 | 구숙경

'꿈'을 채우고 싶었지만 '힘듦'으로 채워졌을 때가 있었습니다. 그럴 땐 '쉼'으로 비워내야 합니다. 그래야 다시 '꿈'을 채울 수 있으니까요.

공감 | 김원영

타인의 공감을 받았을 때, 내가 인정받고 이해받았다는 사실로 편안함을 느낄 수 있습니다. 그러니 여러분도 누군가에게 공감의 말을 전해보세요. 작은 말 한마디가 큰 위로가 될 수 있고, 그 따뜻함이 나에게도 돌아와 더욱 큰 힘이 될 것입니다.

나만의 속도 찾기 | 김정은

쉬어가는 것을 두려워하지 마세요. 쉼과 멈춤은 다릅니다. 멈추었다가 움직이려면 더 많은 에너지가 필요하지만, 잠시 속도를 조절해 쉬어간다고 해서 크게 달라지는 것은 없습니다. 지금의 속도가 빨라 에너지가 많이 소진되고 있다면 잠시 늦춰가요. 쉼도 연습해야 합니다.

나를 위한 작은 변화 | 김혜진

나에게 집중하는 시간을 가지며 나를 위한 작은 변화로 에너지를 채워보세요. 오늘 나의 수고를, 나 자신을 인정하는 것에서부터 시작해 봅시다. 잘 보이려 애쓰지 않아도 괜찮아요.

지금 이 순간의 쉼 　나혜영

제 주변의 흔적은 '쉼'이 될 수 있어요. 앞만 보며 마냥 달리지 말고, 자신을 돌아보라고 말하죠. 가장 특별한 쉼은 가족의 쪽지를 발견하는 것! 다시 오지 않을 찬란한 순간이죠. 당신의 주변도 찬찬히 바라봐요. 마음이 움직이는 순간을 놓치지 마세요.

나를 돌보는 시간 　백경원

우리는 종종 일과 책임에만 집중하며 자신을 돌보는 시간을 잊고 살아갑니다. 그러나 토끼처럼 때로는 멈추어 서서 자신을 아끼며 내면의 목소리에 귀 기울여야 합니다. 쉬어가는 그 시간이, 결국 더 큰 성취와 행복을 이끌어 낸다는 것을 잊지 마세요. 자신에게도 충분한 휴식과 사랑을 선사할 자격이 있습니다.

삶의 속도 　서가영

흔히들 인생을 길에 빗대어 말합니다. 빠르게 달려서 가도, 느리게 걸으면서 가도 누구나 운명에 따라 인생의 여정은 언젠가는 끝이 납니다. 끝과 마주하는 순간 지나온 길을 돌이켜 보았을 때 삶에 지친 나를 마주하고 싶지는 않습니다. 나만의 속도대로 그렇게 살아가 봅시다. 지나간 것들에 의미를 부여하면서.

나답게 살기 위한 쉼 　유소정

'쉼'을 가져보는 건 어때요? 잠시 쉬어가는 시간은 나를 돌아보고 나답게 살아가기 위한 첫걸음입니다. 여유를 통해 나의 원동력을 찾고, 삶의 어려움도 이겨낼 힘을 만들어보세요.

일상에 쉼을 채우자 　이하나

반복과 변주는 음악 작곡에서 꼭 필요한 개념입니다. 반복은 음악의 일관성과 유지되는 요소를 강조하고 변주는 다양한 색채를 냅니다. 변주와 반복이 공존할 때 삶은 조화를 이룹니다. 단조로운 일상에도 쉼이라는 변주는 꼭 필요합니다.

123

3장

'나'답게
살기 위한
일상의 보물 찾기

자기 방식대로 사는 것이 바람직한 삶이다

감요섭

30대 중반에 접어든 나는 '나답게 살기' 위해 많은 생각을 하고 부단히 노력한다. 사회생활을 하며 나의 경험과 시야가 넓어질수록 타인과 나를 계속 비교하게 되고, 사람들이 만들어 놓은 틀에 나를 끼워 맞추려 할 때가 있다. 그럴수록 나답게 산다는 것이 무엇인지 깊이 생각하게 된다. 가정에서는 아이를 양육하고 일터에서는 아이들을 교육하다 보니 발견하는 것들이 있다. 나의 주변에서 생각보다 많은 이들이 소신 없이, 나다움 없이 아이를 양육하고 교육하는 모습을 본다. 아이를 양육하는 부모이자, 아이들을 가르치는 선생으로서 소신과 나다움이 없으면 수많은 정보와 유행에 휩쓸려 남들과 똑같은 인생을 살게 될 것 같다는 생각이 들었다.

그러던 중에 좋아하게 된 구절이 있다. 철학책에 빠져 있던 30대 초반에 읽은 존 스튜어트 밀의 『자유론』의 한 부분이다. 내용 일부를 그대로 인용해 보겠다.

"모든 인간의 삶이 어떤 특정인 또는 소수 사람들의 생각에 맞춰져 정형화되어야 할 이유는 없다. 누구든지 웬만한 정도의 상식과 경험만 있다면, 자신의 삶을 자기 방식대로 살아가는 것이 바람직하다. 그 방식 자체가 최선이기 때문이 아니다. 그보다는 자기 방식대로(his own mode) 사는 길이기 때문에 바람직하다는 것이다."

여기서 나는 'his own mode'라는 구절을 보고 단숨에 매료되었다. 밀은 사람들이 모두 똑같은 삶을 살아가는 것이 아니라 저마다 자기 방식(his own mode)의 삶을 사는 것이 진정한 자유라고 말한다.

수많은 정보와 시시각각 바뀌는 유행은 우리를 혼란에 빠뜨린다. 앞서 말했듯 나 자신에 대해 생각할 틈을 주지 않는다. 결국 나다움 없이 사는 것은 자유롭지 못한 삶이라고 생각한다. 나는 밀이 말하는 자유로운 삶, '자기 방식의 삶'을 살고 싶었다. 그것은 쉽게 말하면 소신 있게, 나답게 사는 것이었다. 그러다 보니 좋아하게 된 것이 독서이다. 나는 독서를 통해 나를 지키고 나만의 방법을 찾아가는 과정이 좋다. 좋아하다 보니 지속하게 되고 꾸준히 나에게 필요한 책을 골라 읽고 있다. 나는 나답게 살기 위해 애쓰다 보니 자연스럽게 독서를 좋아하게 되었다.

독서가 좋은 이유는 분명하다. 독서를 통해 나답게 살기 위해 노력한 사람들의 경험으로부터 배울 수 있기 때문이다. 서점에만 가 봐도 나답게 살기 위해 고군분투한 경험을 담은 책이 수두룩하다. 그들의 부끄러운 실패 경험을 보면 공감이 되면서 한편으론 위로와 힘을 얻는다. 그들도 나와 같은 생각을 했고 수많은 시행착오와 실패 경험이 있었다. 하지만 부단히 노력하여 끝내 자신의 경험을 담은 책을 출판했다. 그러므로 책 한 권에는 배울 것이 가득하다. 요즘 물가로는 밥 한번 먹을 비용이면 책 한 권을 살 수 있다. 먼저 경험하고, 시행착오를 겪고, 이를 극복한 사람들의 이야기를 듣고 배울 수 있으니 나에게는 책이 밥처럼 소중하다.

처음에는 에세이를 많이 읽었다. 내용이 어렵지 않아서 가볍게 읽기 좋았다. 제목이 끌리거나, 목차를 보고 마음에 드는 부분이 있으면 책을 구매했다. 단 한 문장이라도 좋으면 된다는 식으로 무작정 읽었다. 그렇게 다양한 사람들의 삶을 들여다보았다. 내가 들여다본 사람들의 삶은 공통점이 있었다. 그들은 외적인 성공보다는 내적인 성장에 초점을 두었다. 내적 성장과 성숙을 위해 꾸준히 노력했더니 사람들이 말하는 외적인 성공도 이루게 된 것이다. 그들은 다른 사람의 시선이나 미리 정해진 기준에 자신을 맞추며 살기보다 자기 자신에게 집중하고 자기 자신이 좋아하는 것을 찾으며 '나만의 길'을 걷고 있었다.

에세이를 많이 읽다 보니 '나만의 길을 걸어야겠다.'라는 생각이 들었다. 그런데 어떻게 해야 할지 구체적으로 떠오르지 않았다. 그때부터 자연스럽게 고전 소설이나 철학으로 독서가 확장되었다. 소설이나 철학책을 찾아 읽었다. 나는 교과서와 전공 서적을 제외하면 특별하게 독서를 많이 했던 학생은 아니었다. 그래서 처음에는 소설도 철학도 어려웠다. 헤르만 헤세처럼 유명 작가의 소설을 읽다가 어려우면 청소년용 책을 구매하여 읽었다. 더 이해하고 싶으면 해설서를 읽거나 유튜브에서 해설 콘텐츠를 찾아서 봤다. 소설을 통해 작가가 들려주는 이야기는 에세이를 읽으며 채워지지 않았던 부분을 채워줬다.

소설과 철학을 함께 읽으며 더 큰 시너지를 얻었다. 철학책은 전공자처럼 한 철학자의 책을 깊게 파고든 것이 아니라 여러 철학자들의 사상을 현대인이 이해하기 쉽게 풀어놓은 해설서를 많이 읽었다. 수많은 철학자들의 사상을 들여다보니 내 생각과 비슷한 것도, 그렇지 않은 것도 있었다. 읽은 내용 중 공감되는 부분에 대해서는 내 생각을 글로 정리하며 소화하려고 노력했다. 내가 공감하고 소화한 것들을 종합해보니 그게 '나다움'이고 '나만의 길'이 되었다. 그렇게 철학책을 읽는 즐거움을 느끼게 되었다. 지금도 잠시 방향을 잃어 고민이 되는 순간이 찾아오면 재미있게 읽었던 철학책을 다시 꺼내 읽거나, 새로운 책을 구매하기도 한다.

나는 거의 매일 책을 읽는다. 조금 읽더라도 꼭 읽으려 노력한다. 복잡한 현대 사회 속에서 살아가다 보면 길을 잃는 경우가 허다하기 때문이다. 독서는 잃어버린 길을 다시 찾을 수 있게 도와준다. 그리고 나 자신을 성찰하고 성장하고 성숙하도록 이끌어준다. 독서 경험이 쌓일수록 더 좋은 사람,

더 좋은 어른이 되고 싶다. 내 안의 성장 욕구가 솟아오른다. 앞서 이야기 했듯이 나에 대한 이해는 행복한 감정으로 이어진다. 책을 읽으며 자신에 대해 생각하는 사람은 내면의 성장과 성숙을 이룰 수 있다. 진정한 쉼도 누릴 수 있다. 독서 덕분에 나는 나답게 살아가는 방법을 배우며 하루하루 성장하고 성숙하고 있다.

　나의 테두리를 벗어나 더 큰 내가 되고 싶다. 그래서인지 요즘에는 자기계발 분야의 책을 읽는 것이 좋다. 나답게 살아가기 위해서는 자기계발이 필요하다고 생각한다. 자기계발이 꼭 경제적인 성공으로만 이어져야 하는 것은 아니다. 자신의 한계를 인식하고 보다 나은 존재로 성장하고 발전하고자 노력하는 것이 진정한 자기계발이 아닐까. 자기계발을 통해 현대인들이 흔히 성공이라 말하는 경제적 자유를 얻는 것보다, 나답게 살아가는 개인적이고 내적인 성공을 이루는 것이 더 중요하다. 주변에 가까이서 지켜보며 본받을만한 사람이 있는 경우가 아니라면 자기계발을 위한 최고의 수단은 독서라고 생각한다.

　나는 나답게 살기 위해 고민하다 보니 독서를 시작하게 되었다. 에세이로 시작해서 소설, 철학, 그리고 자기계발까지 독서 경험을 꾸준히 쌓아가고 있다. 나처럼 특별히 좋아하는 것이 없는 사람이라면, 또는 자신을 잃어버린 채 무엇인가에 중독된 사람이라면 지금 당장 책을 읽어보기를 바란다. 지금 독서를 시작하면 잃어버린 자신을 발견할 수 있다. 자신을 이해하며 성장하고 성숙하는 경험을 맛보는 순간 당신에게도 좋아하는 일이 하나 생긴 셈이다. 내가 책 속에 수많은 이야기를 읽으며 달라진 것처럼 나의 이 야기를 듣고 있는 당신의 삶에도 소소한 변화가 있기를 바란다.

결핍을 채우며 나답게

구숙경

나는 드라마를 좋아한다. 직장 생활을 하다 보면 만날 수 있는 여러 유형의 사람들을 〈미생〉에서 만났고, 아직도 살맛이 나게 따뜻한 사람들이 사는 세상을 〈나의 아저씨〉에서 만났다. 그뿐인가 공부 좀 못해도, 덜 이쁘고 평범해도, 사랑을 듬뿍 받고 자란 〈또 오해영〉도 만났다. 그 안에 모두 사람이 있었다. 우리가 있었다. 나 같고 내 얘기 같았다. 〈우리들의 블루스〉라는 옴니버스식으로 구성된 드라마는 한 편, 한 편이 모두 보물 같았다. 그중 배우 차승원은 자식의 꿈을 위해서 헌신하는 아버지 최한수로 나왔다. 최한수는 십 대 시절 농구 선수가 꿈이었지만 어려운 가정 형편 때문에 꿈꿀 시도조차 하지 못했다. 가난한 집 장남으로, 공부를 잘했던 그는 다른 형제들의 희생으로 혼자만 대학에 갈 수 있었다. 졸업하고 결혼 후 맞벌이 했지만, 학자금 융자 결혼자금 융자 갚기에 바빴다. 딸 보람이가 골프에 재능을 보이고부터는 더더욱 사는 게 팍팍했다. 시간이 흘러 그는 은행 지점

133

장이 되었고 아내와 딸을 해외로 골프 유학 보내자, 기러기 아빠가 되었다. 코칭비며 체류비, 대회 경비. 돈이 너무 많이 들어 아파트까지 팔았지만, 여전히 빚에 허덕이고 있었다. 포기하기엔 아깝고 계속 가기엔 무리수가 많았다. 딸은 너무 많이 드는 비용에 어깨가 무거웠고, 심적 부담감을 이기지 못해 성적이 자꾸 내려갔다. 최한수는 아내와 딸에게 "조금만 더 버텨보자, 조금만 더."라고 했지만 어쩌면 아내와 딸이 먼저 그만하겠다고 말해주길 바랐을 수도 있다. 어릴 적 꿈꿀 시도조차 못 해 봤던 자신과 달리 시도는 해봤으니까. 이제는 너무 무거워진 빚의 무게를 내려놓고 싶을 만큼 지치기도 했을 테니까. 이건 나의 해석이다. "우리 애 보람이는 돈 때문에 지 꿈도 포기하면서 살게 하지 않을 거야."라는 대사가 나왔을 때 마음이 애잔하다 못해 눈물이 저절로 흘러나왔다. 그랬다. 눈물 닦던 휴지로 코를 풀어가며 울었다. 그냥 내 마음 같았다.

고등학교 1학년 때, 내 뒤에 앉았던 까무잡잡하고 눈이 무척 예뻤던 진희라는 아이가 있었다. 어느 날 그 애는 자기 꿈이 환경연구사가 되는 것이라고 했다. 나는 속으로 신기하다고 해야 할지, 부럽다고 해야 할지 알 수 없는 기분이 들었다. '환경연구사가 뭐지?'라는 것보다 '어떻게 이런 꿈을 가지게 되었을까?', '이 아이는 부모님과 어떤 대화를 나눌까?' 어렴풋이 그런 의문이 들었다. 누구나 입으로만 말하던 의사, 교수, 화가, 가수 이런 게 아니라 구체적으로 자기의 꿈을 말하는 친구가 드물었기 때문이다. 2학년이 되고, 3학년이 되면서 자기의 꿈을 찾아가는 친구들이 늘어났다. 안타깝게도 나는 그때까지 꿈이 없었다. 그냥 물 흐르듯 흘러갔다. 안 되는 이유들에 둘러싸여 있기도 했다. 오빠 도시락 반찬통의 따뜻한 계란말이와 내 도시락 반찬통의 차디찬 김치처럼 모든 관심과 지원도 그랬으니까. 그런데 시간이 지날수록 후회가 물밀듯 밀려왔다. 꿈을 찾으려는 시도도 안 해봤으니 말이다. 꿈이 있던 친구들이 다 이루어내는 걸 보았으니까. 그 친구들이 좋아하는 일을 찾아 행복해하는 것을 보았으니까. 그때 누가 꿈을 가지라고, 목표를 찾아보라고 진정으로 충고해 주는 사람이 있었다면 좋았을 거라는 뒤늦은 남 탓도 해보지만, 꿈이 없었던 내 청소년 시절은 내 인생의 결핍 중 하나가 되었다.

아들이 태어나서 얼마 지나지 않았을 때였다. 쌔근쌔근 잠자는 아들을 가만히 들여다보았다. 그런데 덜컥 겁이 났다. 이 아이를 어떻게 잘 키우지? 과연 내가 부모 역할을 잘할 수 있을까? 나처럼 자라게 하고 싶지 않았기에 더 겁이 났던 것 같다. 우리는 태어날 때 부모를 선택해서 태어날 수 없다. 이 집에서도 자라보고 저 집에서도 자라봐서 자식을 더 사랑해 주고 정서적으로 안정적인 부모를 선택할 수 있다면 얼마나 좋겠냐만 죽을 땐 몰라도 태어날 땐 내 맘대로 할 수 있는 게 없으니 말이다. 다정한 말을 듣고 자란 아이는 어른이 되어서 다정한 말을 하고 살겠지만, 부정적인 말을 듣고 자란 아이는 어른이 되어서 부정적인 말을 내뱉고 살겠지. 그런 생각을 했을 때 끔찍했다. 그렇다면 차별 속에서 자란 나는 정말 노력해야 한다고 생각했다. 마치 사랑받고 자란 사람처럼 우리 아이에게 사랑을 줄 수 있다면 뭐 연기여도 어떠하리. 가끔 들통이 나도 어떠하리. 그렇게 생각했다. 나는 아들을 정말 잘 키우고 싶었다. 넘치지도 모자라지도 않고 모든 게 안정적인 아이로 말이다. 그럭저럭 꿈 없이 살아온 내가 드디어 하고 싶은 것을 찾은 것이다. 어떤 이는 그게 '너의 꿈이냐, 아들의 꿈이냐?'라고 질문할 수 있겠지만 스포츠 경기에서 감독이나 코치가 하는 일에도 꿈이 있지 않겠는가. 김연아 선수의 어머니가 아니어도, 손흥민 선수의 아버지가 아니어도 말이다. 소설가 박완서는 『사랑을 무게로 안 느끼게』에서 자식이 이렇게 커 주길 바랐다고 했다.

"아는 것이 많되 코끝에 걸려 있지 않고 내부에 안정되어 있기를. 무던하기를. 멋쟁이이기를."

이 글을 읽었을 때, 사람 사는 일은 시대를 초월한다고 다시 한번 느꼈다. 결국 나는 꿈을 찾았고 그것을 위해 열심히 살았다.

어느덧 두 아들은 멋지게 잘 자라주었다. 지금은 스스로 삶을 주도적으로 너무 잘살고 있다. 바쁘게도, 여유롭게도, 성공해서 행복해하기도, 실패해서 아쉬워하기도 한다. 운동도 좋아하고 여전히 공부도 열심히 한다. 나는 꿈을 이루었다. 그 과정에서 몸이 힘들어도 마음은 참 행복했다. 잠깐 빈 둥지 증후군처럼 허전할 때도 있었지만 조용하고 편안한 요즘이 참 좋다. 게다가 지금은 그럴 겨를이 없다. 새로운 꿈이 또 생겼기 때문이다. 두 아들 키운 노하우를 이제는 학원 아이들에게 쏟고 있다. 지식적인 것만 아니라 삶의 태도, 노력하는 방법, 이런 것들 말이다. 나의 두 아들이 겪었던 과정을 이 아이들도 겪게 될 것이니 해줄 말이 많다. 꿈을 가지라고, 꿈을 찾아보는 노력을 하라고 말이다. 그 꿈이 작게는 반장 선거일 수도 있고, 성적일 수도 있고, 대회 입상일 수도 있다. 친구 관계 개선도 될 수 있고 더 나아가 학교 입시가 될 수 있을 것이다. 목표를 이루지 못해도 좋다. 당장은 속상하겠지만 노력했던 부분들은 보이지 않아서 그렇지 남아 있게 마련이니까. 언제 어디서든 꼭 쓰이게 된다. 실패하는 경험은 극복하는 힘이 생기게 해준다. 중요한 것은 꿈을 찾고 그것을 위해 노력하는 것이다. 꿈이 있다는 것, 그것은 곳간에 쌀이 그득히 쌓여 있어 밥 안 먹어도 배부른 느낌이 드는 기분 좋은 것이다. 살맛이 나게 해준다. 늘 꿈꾸는 나, 내일 지구가 멸망해도 사과나무를 심겠다는 스피노자처럼 내일 죽는 한이 있더라도 성장하는 것을 멈추지 않을 나, 이게 바로 나답게 사는 것이다.

"내가 좋아하는 것을 어떻게 찾아야 하는지 모르겠어요?" 어느 노시인이 청년들에게 많이 듣는 질문이라고 했다. 노시인은 "결핍이 없어서 그렇지 않나 싶어요."라고 하며 "좋아하는 것을 찾으려면 자신의 만족스러운 부분이 아니라 자신의 결핍된 부분을 찾아야 해요."라고 했다. 말을 물가로 끌고 갈 순 있어도 물을 억지로 마시게 할 순 없다. 목마른 말이 물을 좋아하고 원한다. 스스로 '내가 목마르고, 내가 그립고, 내가 아쉽고, 내가 부족한 게 뭐가 있을까?'라는 질문을 해보자. 그것을 찾아 극복해서 채우겠다고 생각할 때 저절로 좋아하는 것이 생겨날 것이다. 그리고 '나'다운 내가 될 것이다.

완벽을 내려놓고, 자유롭게 떠나는 여행

김원영

살아가면서 우리는 수많은 역할과 기대 속에 자신을 잃어버리기 쉽다. 주변 사람들의 기대에 부응하려다 보면 어느새 나는 누구였는지, 내가 무엇을 원하는지 잊어버리곤 한다. 그렇기에 나답게 산다는 것은 단순한 선택이 아니라 매 순간 의식적으로 노력해야 하는 과정이다. 우리는 종종 '나답게'라는 말을 가볍게 생각한다. 그러나 나다운 삶이란 타인의 시선이나 기준에 휘둘리지 않고, 내가 진정으로 원하는 것과 가치를 중심으로 살아가는 것을 의미한다. 나 자신을 알기 위해서는 끊임없는 탐색과 성찰이 필요하다. 이 여정에서 중요한 것은 바로 내면의 목소리에 귀 기울이는 것이다.

나답게 살기 위한 노력은 작은 습관에서 시작될 수 있다. 내가 좋아하는 것을 찾아보고, 나만의 시간을 가지며, 내 감정과 생각을 존중하는 습관을 들이는 것이다. 그리고 무엇보다 나 자신에게 관대해져야 한다. 완벽하지 않아도 괜찮고, 남들보다 느리더라도 괜찮다는 사실을 받아들일 때 비로소 진정으로 나다운 삶이 시작되지 않겠는가.

언젠가부터 나는 늘 완벽해야 한다는 생각에 사로잡혀 있었다. 잘해야 한다는 압박감, 실수하지 않아야 한다는 강박감이 매 순간 나를 옭아맸다. 주변에서 기대하는 모습에 자신을 맞추려 애쓰고, 나에게 한없이 높은 기준을 요구했다. 그런데 어느 순간 알게 되었다. 완벽해지려는 노력이 성장이 아닌 오히려 나를 옭죄는 일이었음을.

특히 아이들을 키우면서 느낀 점이 많다. 나는 늘 좋은 엄마, 완벽한 엄마가 되어야 한다고 믿었다. 온종일 아이들의 모든 필요를 채워 주고, 집안일도 빈틈없이 해내고, 틈틈이 내 일도 완벽하게 처리해야 했다. 하지만 현실은 그렇지 않았다. 뜻대로 되지 않는 순간들이 많았고, 완벽하지 못한 내 모습에 실망하는 일이 반복되었다.

그러던 어느 날, 피곤함에 지쳐 아이들에게 소리를 지르고 나서야 깨달았다. 내가 바라는 완벽함이 나와 아이들을 불행하게 만들고 있었다는 사실을. 완벽해야 한다는 압박감이 나를 무너뜨리고 있었고, 그 과정에서 진짜 중요한 것들을 놓치고 있었다.

그 이후로 나는 생각을 조금씩 바꾸기 시작했다. 완벽하지 않아도 괜찮다고, 실수해도 괜찮다고 나에게 말해주기 시작했다. 물론 여전히 실수할 때면 마음이 불편할 때가 있다. 그러나 이제는 그런 상황도 유연하게 받아들이고, 완벽할 수 없다고 생각하기 위해 노력한다. 그런 태도가 나에게 오히려 더 큰 자유로움을 준다는 것을 느낀다. 완벽하지 않다고 해서 나쁜 것이 아니다. 오히려 불완전한 순간들 속에서 우리는 성장하고, 더 많은 것을 배울 수 있다. 그저 모든 걸 다 잘해야 한다는 부담감을 내려놓고, 그 순간 최선을 다한 나를 존중하는 태도가 중요하다.

이제 나는 완벽함이 아니라 진실한 나를 추구한다. 완벽하지 않은 나 자신을 인정하고 사랑할 때 비로소 진짜 행복이 찾아온다는 것을 알았기 때문이다.

그런 마음가짐 덕분에 삶의 다양한 순간을 있는 그대로 받아들이는 법도 배웠다. 모든 것을 계획하고 통제하려 하기보다, 때로는 예상치 못한 상황 속에서 나 자신을 발견하고 성장할 수 있음을 깨달았다. 나는 완벽함을 고집하며 모든 걸 잘해야 한다는 부담감을 내려놓았다. 완벽하지 않아도 괜찮다고 생각하니, 나를 조금 더 가볍게 대할 수 있게 되었다.

그러면서 계획 없이 자유롭게 무언가를 해보고 싶다는 생각이 들었다. 이제는 계획 없이 떠나는 여행도 두렵지 않다. 정해진 일정 없이 그때그때 느끼는 대로 움직이고, 예상치 못한 경험 속에서 새로운 즐거움을 찾는 것이 오히려 더 나다운 삶을 살아가는 방법임을 알았기 때문이다. 그래서 어느 날, 마음 가는 대로 여행을 떠났다. 아무런 일정도, 예약도 없이 무작정 가방만 챙겨 집을 나섰다. 처음에는 불안했지만, 가는 길에서 만나는 새로운 풍경과 예상치 못한 경험들이 오히려 큰 즐거움과 여유를 안겨줬다. 완벽하지 않아도 좋다는 그 깨달음이, 여행에서도 그대로 이어진 셈이었다.

　살아가면서 우리는 언제나 계획에 얽매여 살아간다. 하루의 일정을 세우고, 미래의 목표를 정하며, 심지어 휴가를 떠날 때조차 세세한 계획을 세운다. 나도 그랬다 항상 철저한 계획 속에서 움직였고, 예기치 못한 일이 생기면 불안해했다. 그런데 어느 날, 무작정 계획 없이 떠나는 여행을 해보자는 생각이 들었고, 그 여행은 다소 충동적으로 시작되었다. 딱히 목적지도, 숙소도 정하지 않은 채 라면과 버너를 넣은 가방만 챙겨 무작정 차에 올랐다. 막연한 두려움과 설렘이 공존하는 기분이었다. 그리고 그 여행은 내게 새로운 시각을 선물해주었다. 내가 계획하지 않은 길로 접어들 때마다 뜻밖의 풍경을 마주할 수 있었다. 작은 시골 마을에서 발견한 이름 없는 카페, 우연히 멈춘 길가에서 본 황홀한 노을, 지도에도 없는 길에서 만난 자연의 소리, 그 순간들은 미리 계획하고 준비했더라면 결코 경험할 수 없었을 것이다.

　이제 나는 가끔은 계획을 내려놓고, 그저 발길 닿는 대로 떠나보고 싶다는 생각을 한다. 예측할 수 없는 여정 속에서 우연히 만나는 소중한 순간들, 그것이 계획 없는 여행이 주는 최고의 선물임을 알았기 때문이다. 실수를 두려워하지 않고 흐름에 몸을 맡길 때, 비로소 진짜 나다운 삶이 시작된다는 걸 깨달았다. 완벽함을 내려놓을 때, 삶은 더 넓고 풍요로워지는 법이다.

인생의 가치는 우리가 얼마나 완벽했는가가 아니라, 그 과정에서 무엇을 배웠고, 어떻게 성장했는가에 달려 있다. 실패도, 실수도, 심지어는 우리가 피하려 했던 불완전한 순간들조차도 우리를 더 나은 사람으로 만들어 준다. 이제는 완벽해지려는 욕심을 내려놓고, 나 자신을 있는 그대로 받아들이는 법을 배우고 있다. 완벽함이 아닌 성장과 배움에 집중하는 것이 훨씬 더 건강하고 행복한 삶으로 이끌어주기 때문이다. 이제는 완벽해지려고 애쓰지 말자. 우리는 충분히 존재만으로 가치 있고, 아름다운 삶을 살고 있으니까.

나를 사랑하는 방법

김정은

나는 아미(ARMY)이다. 30대 아줌마가 아이돌 그룹에 빠져 소위 '덕질'을 하고 있으니 한심하게 보는 사람도 있을 수 있다. 서재 방은 책보다 방탄소년단 굿즈들이 책장을 가득 메우고, 일하는 사무실 책상 주변도 방탄으로 도배가 되어 있다. 사실 아미가 된 것은 내가 버티기 위한 차선책이 아닌 최선이었다. 무조건으로 나를 사랑해 주던 엄마를 떠나보낸 후 채워지지 않는 공허함을 견디기 힘들었다. 한 번도 엄마 없는 삶을 생각해 본 적이 없었다. 그 어떤 것으로도 대체가 되지 않는 존재가 바로 엄마라는 것을 그제야 깨달았다. 한순간 무너져 버릴까 나조차도 조마조마했던 모래성 같던 마음들, 그 모든 감정을 혼자 감당하기에 버거웠던 순간들이 있었다. 마음껏 슬퍼하자니 떠나는 엄마가 편히 못 갈까 꾹꾹 눌러 담고, 그렇다고 아무렇지 않은 척 일상을 견디기에는 찰나의 순간마다 죄책감이 밀려들었다. 아름다운 계절을 보는 것도 사치스럽게 느껴지고 용기가 필요했던 나날들이 이어졌다. 어쩌면 믿고 싶지 않아 현실을 부정하고 싶었는지도 모르겠다. 매일 내 끼니를 걱정하며 전화하던 사람, 아무 대가 없이 나를 사랑해 주던 사람의 부재는 견디기 어려웠다.

흔히들 시간이 다 해결해주니 흘러가는 시간에 맡기라는 이야기를 한다. 물론 살아오면서 나도 여러 번 풀어봤던 불변의 공식이기에 이미 머릿속으로는 답을 알고 있다. 그런데 남녀 사이 이별공식에서는 적용되었던 풀이법이 가족의 이별에는 소용없었다. 답은 알고 있지만, 풀이 과정을 적을 수 없었다. 결국, 답에 도달하기 위해 내가 알고 있는 모든 공식을 이용했다. 술 한 모금에 기대어 보고, 과거의 내 모습을 자책하기도 했으며, 울음을 삼키기도, 괜찮은 척 웃어보기도 했다. 잠깐의 시간을 달랠 수는 있었지만 달라지는 것은 없었다. 지금도 시간이 해결해줬다는 공식보다 조금은 그 시간에 익숙해졌다는 표현이 맞겠다. 연인의 이별과는 다르게 평생을 두고 두고 그리워하며 갈수록 더 그리움이 사무칠 테니까.

잠깐 일을 쉬는 동안 라디오나 음악을 들을 일이 많았다. 당시 인기 있던 아이돌 그룹이라 오가며 흘러나오는 노래를 듣다 보니 조금씩 가사에 귀 기울이게 되었다. 그리고 엄마를 보낸 후 적막한 시간을 견디기 위해 택한 방법은 음악을 듣고 영상을 보며 아무 생각도 떠올리지 않는 거였다. 처음엔 관심 있는 그룹이라 보기 시작했는데 그들을 보며 점점 웃기도 하고 울기도 하는 나를 발견했다. 가장 힘들었던 순간 위로의 메시지를 받아서인지 어느새 나는 아미가 되어 있었다. 작은 빛 하나 없이 암흑 같던 깜깜한 밤에서 나를 웃게 해주고 힘을 주었기에 그 힘으로 조금씩 일어날 수 있었다. 저들도 저렇게 열심히 하는데, 나도 뭐든 할 수 있을 것만 같은 용기가 생겼다. 늦은 나이에 아줌마 팬이 돼 콘서트를 보러 다니고 앨범이 나오면 무한 반복으로 듣는 시간이 참으로 설레었다. 누군가를 진심으로 응원하는 일이 감사한 일임을 알았다. 그래서 덕질은 나를 행복하게 한다. 나를 웃게 하고 열심히 살아갈 원동력을 준다면 그것만으로 충분하다.

남편은 한 번씩 "걔들이 밥 먹여주냐?"라고 묻는다. 그들이 밥을 먹여주진 않지만 내가 밥을 먹고 살아갈 힘을 준다. 누군가를 좋아하고 응원하면서 더 나은 내가 되고 싶다는 생각을 했다. 그들은 음악으로 자신들의 솔직한 이야기를 건네며 나를 위로해 주었다. 〈Answer : Love Myself〉 노랫말처럼 나를 사랑하는 일조차 누군가의 허락이 필요한 시간이 있었다. 나에게 가장 높고 엄격한 잣대를 들이밀며 스스로 상처를 내고 자책하며 어두운 곳으로 몰아갔다. 하지만 마음속에 자리한 상처들 또한 내 일부이기에 나를 먼저 인정하는 것이 필요하다는 가사가 나에게 큰 울림을 주었다. 그때 내게 가장 필요한 건 나를 사랑하는 방법을 아는 것이었다. 나를 사랑하는 방법을 모르면 다른 사람을 사랑하는 방법도 당연히 서툴 수밖에 없기 때문이다.

다른 사람들에게 의지하고, 남들의 시선에 맞추기보다 있는 내 모습 그대로를 사랑해 주는 시간을 가져보기로 했다. 매일 밤 퇴근 후 특별한 일이 없으면 반려견 산책을 한다. 길을 걸으며 오늘 내 기분이 태도가 되어 아이들에게 상처를 주지는 않았는지 하루를 곱씹어보기도 하고, 반대로 내가 받은 상처들도 되짚으며 발걸음과 함께 털어낸다. 내일은 조금 더 나은 내가 될 거라는 기대도 해본다. 하루하루 달라지는 공기와 날씨를 느끼며 소소한 행복을 발견한다. 그리고 밤 11시에서 새벽 1시까지의 시간. 내가 가장 사랑하는 시간이다. 이 시간만큼은 온전히 나에게 집중한다. 11시부터 시작된 나만의 시간은 가는 오늘을 아쉬워하며 새로운 내일을 맞이하며 잠이 드는 시간이다. 하루가 아닌 이틀을 쓰는 부자가 된 것 같은 기분이 들어 고요한 이 시간이 참 좋다. 그냥 잠들기 아쉬워 산책하기 전 차갑게 넣어둔 맥주 한 캔을 꺼내 쌓아둔 책들을 하나씩 꺼내 읽는다. 집중이 안 되면 유튜브 영상을 보기도 하고, 다른 사람들의 하루를 살피며 붉은 하트에 내 마음을 담아 응원의 발자국도 남긴다. 이런 밤을 보내며 나와 조금씩 가까워지는 중이다. 매일 밤 흘러가는 시간을 아쉬워하며 잠자리에 눕는 그 시간이 좋다. 내일 밤에는 또 무엇을 할지 생각하며 잠이 드는 내가 좋다. 한때는 내일이 오지 않았으면 했다. 하지만 이제는 내일을 기대하며 잠든다. 내 마음이 조금씩 변하는 동안 어제보다 오늘 더 나를 사랑하게 되었다.

나를 사랑하는데 생각보다 긴 시간이 걸렸다. 왜 살이 안 빠질까, 왜 나는 이것밖에 노력하지 못했나, 왜 일에서 이렇게 성장을 하지 못하고 있나 등등 나를 자책하고 다그치는 시간이 더 길었던 날들이 있었다. 내가 상대에게 들인 마음이 똑같이 되돌아오지 않아 상처받기도 했다. 내가 노력한 만큼 왜 알아주지 않을까 생각하다 깨달았다. 나 자신을 사랑하지 않으면서 상대가 나를 인정하고 사랑하길 바랐다는 것을. 결국, 내가 나를 제대로 바라보는 게 먼저였다. 나의 부족한 점을 탓하느라, 상대의 부러운 점을 갈망하느라 뒷전이었던 진짜 나를 챙겨야 했다. 그래서 조금씩 나를 알아가 보기로 했다. 내가 무엇을 할 때 가장 행복한지, 나는 어떤 성격의 사람인지, 내가 가장 좋아하는 것과 싫어하는 것은 무엇인지 말이다. 사실은 있는 그대로의 나를 바라보고 받아들이기까지 과정에 버거운 순간들도 있었다. 그런데 감정표현에 서투른 나와 시간을 보내다 보니 조금씩 내가 안쓰러웠다. 괜찮다고 방치하며 내가 낸 상처가 더 많음을 깨달았다. 그렇게 부족한 나를 조금은 인정하고 나니 마음이 편해졌다.

나를 사랑하는 것은 쉬워 보이지만 가장 어려운 일이다. 생각보다 나를 잊고 살아가는 사람들이 많다. 가족의 구성원으로, 직장에서의 역할 때문에, 다른 사람들의 눈치를 보느라 자신의 감정을 놓치는 일이 생긴다. 그럴 때 꼭 필요한 게 나를 위한 시간이다. 긴 시간이 아니더라도 괜찮다. 잠깐 오늘의 나를 사랑해 주는 시간이 있으면 좋겠다. 때로는 커피 한 모금이, 오늘 내 마음을 닮은 노래 한 곡이 나를 달래주기에 충분하지 않을까? 그

러니 나를 위해 투자하는 시간과 돈을 아까워하지 말자. 진정한 사랑은 나

자신을 사랑하는 것부터 시작된다.

엄마는 커서 뭐가 되고 싶어?

김혜진

"엄마, 장래 희망이 뭐야?"

"장래 희망은 나중에 하고자 하는 일이나 직업에 관련된 거야."

"아니 그러니까 엄마는 커서 뭐가 되고 싶냐고!"

호기심 가득한 눈으로 나를 바라보는 아들의 질문에 웃음이 피식 새어 나왔다. '엄마는 이미 다 컸는걸?' 그러다가 곧 생각에 잠긴다. '그래, 나도 꿈이 있었지!'

틈만 나면 책을 읽으며 시간을 보내고 친구들과 편지로 글 나누기를 좋아했던 나는 국어 선생님이 되고 싶었다.

"안녕하십니까? 저희는 ○○○입니다." 고등학교 새내기 1학년 교실로 쉬는 시간만 되면 꽃단장을 한 2학년 선배들이 우르르 몰려와 인사를 하고 나가기를 반복한다. 아이돌이 무대인사를 하듯 각자 저마다의 동아리 활동을 홍보하며 신입생 맞이에 열심이다. 홀린 듯이 선배들을 따라나선 나는 어느 순간 '알암 26代'가 되었다. 알암은 시를 쓰며 문예활동을 하는 동아리였다. 학교마다 구성된 문예반에서는 매년 가을에 시화전을 열어 작품을 전시한다. 본인의 작품 앞에서 시를 쓰게 된 동기와 의미를 설명하고 감상하게 하는 토론의 장을 마련하기도 했다.

"저는 어릴 때 외가에서 자랐어요. 이 시는 손녀에게 세상의 온갖 좋은 것은 다 해주고 싶으셨던 할아버지의 따뜻함을 그리워하며 썼습니다. 할아버지와 함께 봄이 되면 봉숭아 씨를 심었지요. 손톱에 봉숭아 꽃잎을 물들이던 날, 봉숭아가 시들어가는 것처럼 할아버지의 건강도 나빠지고 있다는 슬픔의 감정도 담았고요…"

2000년 10월의 어느 날 내가 쓴 작품 앞에 서서 야무지게 설명하고 있는 내 모습도 떠오른다. 나의 설명을 귀 기울여 듣고 평가해 준 사람들의 방명록과 썼다 지우기를 반복하며 애정을 쏟았던 창작 노트를 20년도 더 지난 오늘에 읽어보니 심장이 간질간질하다.

"시 설명 잘 들었습니다. 항상 예쁜 시 밝은 시 적는 문학소녀 너를 응원해. 시를 잘 모르지만 읽어보고 기억에 남으면 좋은 시 아니겠어? 오늘 너의 시가 내 기억에 남더라. 시들이 정말 모두 가슴에 와닿는 것 같네요…."

방명록이 빼곡하다. 누군지도 모르는 사람들, 지금은 얼굴도 잘 기억나지 않는 친구들의 응원으로 가득 채워져 있다. 반짝이던 10대의 '나'에 대한 뭉클함인지 30대의 나를 다시 꿈꾸게 하는 설렘인지 단언할 수 없는 감정이지만 왠지 기분이 좋다.

"엄마는 커서 뭐가 되고 싶어?" 번아웃이라는 단어 속에 갇혀 24시간을 버텨내듯이 그럭저럭 시간만 흘려보내고 있던 나에게 꿈을 찾아 나갈 힘을 주는 아들의 질문이었다. 머물러 있는 삶을 살지 말아야겠다. 내가 좋아했던 일을 마주하며 다시 가슴이 뜨거워지기 시작했다. 꿈을 꾸고 그것을 이루는 삶은 얼마나 행복할까?

매일 저녁 8시 잘 준비를 마친 아이들은 각자 이야기 나누고 싶은 책을 골라 침대 위로 올라온다. 표지에서부터 그림책 속 주인공들의 표정과 이야기, 사건마다 느껴지는 감정들로 이야기꽃을 피우다 보면 어느새 잠자리 독서 시간은 끝을 향하고 있다. 책과 글을 사랑했던 문학소녀가 엄마가 되었다. 이야기를 읽으면서 떠오르는 감정들을 나누고 질문하면 아이들의 반짝이는 이야기를 들을 수 있어 참 행복하다. 이렇게 도란도란 이야기 나누는 시간이 참 즐겁다. 책과 함께 행복한 이야기를 주고받는 일이라면 도전해봐도 좋지 않을까? 내가 가장 하고 싶었고, 잘 해낼 수 있는 일이 아닐까? 그렇게 나는 아이들과 책으로 소통하며, 올바른 독서를 할 수 있도록 코칭 하는 일을 시작했다.

처음이라는 것은 긴장과 불안의 연속이다. 어떤 일을 시작하기 전에는 '내가 잘할 수 있을까?' 하는 고민이 늘 따라다닌다. 온갖 걱정과 근심을 가득 안고 첫 출근하던 날의 기억이 생생하다. 학원의 문을 열자마자 빼곡하게 채워져 있는 책장 안의 책들을 보며 안도감을 느꼈다. 책 육아를 했던 터라 익숙한 책들이 많았고, 이미 읽어본 책이었기에 학원에 온 아이들과 북토킹을 하고 글쓰기를 지도하는 일도 어렵지 않았다. 아침밥을 차려서 먹이고 아이들을 학교에 보낸 후 저녁에 먹을 밥과 반찬을 준비해 놓고 출근한다. 퇴근 후에는 아이들의 숙제와 준비물을 챙기고 어질러진 집을 정리한다. 아이들이 잠 들고나면 독서지도와 관련된 책을 읽고 강의를 듣기도 한다. 육아도 일도 오롯이 내 몫이기에 일을 시작하면서부터는 예전보다 더 바삐 하루를 살아야 했다. 하지만 아침에 눈을 뜨면 오늘은 또 어떤 책을 만나고, 학원에 오는 아이들과 어떤 대화를 나누게 될지, 나는 또 얼마나 새로운 배움으로 활력을 얻게 될지 설레는 마음으로 가득하다. 바쁘게 흘러가는 일상들이 힘겹게 느껴지지 않는다. 좋아하는 일을 하면서 맞이하는 감동과 꿈을 이룬 설렘은 피곤함도 이겨내는 힘이 되어준다.

얼마 전 〈엄마친구아들〉이라는 드라마를 본 적이 있다. 신의 직장이라 불리는 세계적인 대기업에 입사한 주인공 석류는 번아웃을 겪고, 앞으로 행복한 백수가 되겠다고 선포하며 귀국한다. 다시 꿈을 찾는 과정에서 석류는 거창하지 않더라도 좋아하는 일을 하고 싶다고 말한다. 예전부터 음식을 만드는 과정을 브이로그로 남기는 취미활동을 하며 시간을 보냈던 석류는 자기 요리를 사람들이 맛있게 먹어주는 모습에 즐거움을 느낀다. 요리학원에 등록하고, 결국 소소하지만 자기만의 개성 있는 가게를 꾸려가며 행복을 찾는다.

취미생활을 번아웃이 올 때까지 하는 사람은 없다. 그만큼 좋아하는 일을 하면 힘들어도 즐겁게 할 수 있다는 것이다. 만약 지금 삶이 만족스럽지 않다면 꿈을 찾던 시절로 다시 돌아가 보면 좋겠다. 꿈이야말로 자신이 가장 좋아하는 일일 것이기 때문이다. 꿈이 없었다면 경험해 본 일 중에서 나를 의욕적으로 움직이게 해주었던 일을 찾으면 된다. 나는 과거에 어떤 꿈을 꾸고 있었는지 내가 좋아하는 것은 무엇이었는지 다시 들여다보는 시간이 꼭 필요하다.

성장의 순간, 나의 빛을 만나다

나혜영

나는 어릴 적부터 수집을 좋아했다. 바닷가 모래사장에 가면 반짝이는 조개껍데기를 한가득 주머니에 담았다. 가을에는 낙엽을 모아 책 사이에 잘 말려 책갈피나 사진 액자를 만들기도 했다. 초등학교 때 썼던 일기장, 친구들이 준 편지는 30년이 지나도 고스란히 간직하고 있다. 16년 동안 받은 학생들의 편지, 작품도 보물 상자에 차곡차곡 쌓아둔다. 마음이 담긴 글은 쉽게 버릴 수 없다. 그래서 잊고 지냈던 일이 생각나기라도 한다면 유레카! 잠자고 있는 나를 일으켜 세운다. 내 안의 불꽃이 일렁이기 시작한다.

바로 첫 제자들이 준 편지가 그렇다. 20대 중반의 어린 나이에 고등학생을 가르치기 시작했다. 그때 난 열정만 앞서 온전히 학생들을 담아내기에 턱없이 부족했다. 그럼에도 학생들은 나와 고민을 이야기하는 시간을 좋아했다. 수업이 끝나면 함께 두런두런 모여 이야기를 나눴다. 이들의 앞날을 내 일처럼 걱정하고 기뻐했던 순간들, 진로 상담을 앞두고 지새웠던 숱한 밤. 순탄하지 않았던 내 삶의 이야기를 듣고 위로를 느꼈던 것일까. 학생과의 상담은 나를 만나는 과정이었다. 방황의 절정기를 보낸 중학생이었던 학생도 '나'이다. 아픈 아버지를 따라 지방으로 내려가면서 진로를 고민해야 했던 학생도 '나'이다. 주변의 기대 속에서 실수투성이라며 자신을 자책했던 학생도 '나'이다.

"괜찮아. 선생님도 못 말리는 실수투성이였단다."

우리는 언제나 그 시절로 이어져 있다. 학생들은 27살이 된 내 생일에 영원히 잊지 못할 선물을 주었다. '선생님의 이쁜 제자들'이라고 적힌 표지 안에는 학생들의 글이 담겨 있었다. 빨간 하트를 든 자신의 사진 아래에 나를 본 첫 느낌, 가장 기억에 남았던 순간, 내가 했던 말들을 적어 주었다. 내가 첫 수업 때 외웠던 주문, 함께 나눴던 비밀의 대화, 힘들 때 함께했던 명상의 시간, 선생님 표 핫케이크를 먹은 일. 정작 나는 잊고 지냈던 일이었다. 사소하다며 넘겼던 일이었다. 서툴고 부족한 선생님의 말투, 표정, 함께했던 순간들의 의미를 기억하고 있다니. 나에게 용기와 희망을 받았다니. 14년이 지나도 영원히 변하지 않는 그 시절 학생들의 모습을 담은 사진과 글을 마음 깊은 곳에 고이 새겼다. 그 이후에도 난 많은 것을 받았다. 내 결혼식 때 축사, 군대에서 보낸 안부 편지, 첫 직장 채용 소식, 한 가정을 꾸리게 된 사연. 내가 이 일을 하게 된 이유이기도 하다. 단지 그 시절 학생들의 고마운 마음 때문만은 아니다. 첫 제자들이 준 선물을 볼 때마다 나를 오롯이 볼 수 있기 때문이다. 자신을 채찍질하며 몰아세우는 삶이 아닌 내가 가진 힘을 긍정하며 살아가라고, 내가 진정 즐기며 했던 일들의 의미를 잊지 말라고. 그래서 그 시절 학생들의 편지는 영원히 고갈되지 않는 연료이다. 지금 학생들을 만나는 힘이다.

그런 날이 있다. 몸은 고단하지만, 정신만은 더욱 또렷해지는 날이 있다. 바로 학생의 내적 성장을 마주할 때다. 책을 보는 것을 힘들어했던 학생이 미간에 힘을 주며 읽어간다. 어른의 글을 흉내 내지 않고 자신만의 시선으로 세상을 바라보기 시작한다. 지우개 가루가 수북이 쌓이도록 글을 쓰는 즐거움에 젖어있다. 그 순간을 사진으로 찰칵 담아 포장하기는 쉽다. 하지만 그때의 내 마음을 담을 수 없다. 나는 학생들의 글에 첨삭 외에 쪽지를 종종 써주기도 한다. 그 쪽지는 단순히 글자의 나열이나 막연한 칭찬이 아니다. 그때 학생에게 필요한 물이자 햇빛이다. 쪽지를 쓸 때는 온 감각을 곤두세워 그 학생에게 집중한다. 피카소처럼 새로운 생각을 시도하는 학생에게, 뭉크처럼 용기가 없다고 절규하는 학생에게.

"피카소가 사물을 다른 방식을 본 것처럼 ○○이는 그 너머를 볼 수 있는 힘이 있어."

157

"강력한 다리로 대지를 내달리는 치타 ○○, 자신의 세계를 마음껏 펼치는 뭉크 ○○, 용기는 이미 ○○이 안에 있단다."

선생님과 함께 작성하는 관찰 일지도 꼼꼼하게 읽는다. 학생의 사유법, 표현법, 태도의 변화, 그 내적 성장을 발견하는 일은 언제나 흥미롭다. 보물을 찾은 어린아이처럼 신난다. 두둥실 풍선을 타고 날아오르는 마음을 감출 수 없다. 학생들은 다른 학생이 쓴 글에도 쪽지를 남긴다. 학생의 글을 책으로 만들어 전시 해두면 꾹꾹 마음을 담아 학생들은 쪽지를 남긴다. 자신의 성장과 친구의 새로운 변화를 발견하는 순간을 만난다.

"나도 너 때문에 책을 쓰게 되었어. 작가님의 새로운 책 탄생을 정말 축하해."

이 모든 작은 종잇조각은 서로를 이어준다. 16년 전 나에게 전한 학생의 편지는 지금 만나는 학생들을 만나는 힘이다. 선생님의 관찰일지는 내가 보지 못한 학생의 내적 변화를 볼 수 있는 눈이다. 선생님과 학생이 전한 응원의 쪽지는 더 책을 읽고 생각하고 싶은 마음의 불씨다. 금세 날아가 버리는 말보다 글은 고요히 그 사람 마음에 머문다. 찬란하게 빛나는 순간을 오랫동안 간직할 수 있다. 그냥 종잇조각이 아니다. 나는 어떤 존재인지, 서로에게 어떤 의미인지 일깨우는 창이다. 물론 바쁜 일상에서 벗어나 다른 경험을 하는 것도 내가 좋아하는 일이다. 하루 종일 도서관에서 책을 쌓아놓고 메모하며 보는 것, 멀리 차를 타고 나가 형형색색의 노을을 보는 것도 참 좋다. 아이와 함께 가는 숲 체험은 숨을 쉬는 행복을 마주하는 경험이다. 날마다 하지 못하기에 더 애틋하고 새롭다. 하지만 내 에너지가 소진되기 전에 내 일상에서도 충분히 찾을 수 있다. 바로 이 '작은 종잇조각'에 담긴 나의 삶을 긍정하고 서로의 성장을 격려하는 것이다. 내가 할 수 있는 책임을 다하는 것이다.

우리는 혼자 살 수 없다. 다른 이와 부둥켜안고 살아가며 희로애락의 순간을 만난다. 살다 보면 누군가의 날카로운 말과 찌푸린 얼굴을 만난다. 그 순간을 피하지 않고 당당하게 마주하기 위해서는 필요한 것이 있다. 바로 내가 어떤 존재이고, 어떻게 살아야 하는가를 물으며 중심을 잡는 것이다. 타인의 시선으로 나의 삶을 재단하기 전에 내 마음을 들여다보는 것이다. 내 마음에 집중하면 흐릿했던 시야가 선명해지고 나와 타인도 보이기 시작한다. 나와 타인의 삶을 비교하기보다는 함께 살아가는 인간의 사연이 다가온다. 나의 힘을 긍정하면 누군가의 비난도 편안하게 넘길 수 있다. 타인의 삶도 자유롭게 넘나들며 응원할 수 있다. 나에게 '작은 종잇조각'은 잊고 지낸 나를 만나는 창이다. 당신은 하루하루를 바득바득 버티며 살아가고 있는가? 숨이 턱까지 차오르는 순간까지 달리고 있지 않은가? 반복되는 일상에도 보물은 있다.

모든 일을 마무리하고 본 나의 얼굴이 빛난다. 오늘 하루 어떤 꿈을 꾸었던 것일까. 눈빛에는 총기가 있다. 피식피식 웃음이 새어 나온다. 유독 세면대 거울 앞에서 나를 마주하는 그 순간이 떳떳할 때가 있다. 바로 나와 학생들의 성장을 만난 날이 그렇다. 그 성장을 함께 나눈 날, 학생의 얼굴에서도 빛이 난다. 껑충 뛰어오르는 나의 마음을 만난 날, 아무리 물로 씻어내도 감출 수 없는 빛이 있다.

읽고 듣고 나를 발견하다

백경원

뉴스에서 '청소년 우울증'에 대한 기사를 접한 적이 있다. 마치 유행이라
도 하듯 우울증은 여러 세대를 뻗쳐 청소년까지 퍼져버렸다. 주변을 둘러보
면 의외로 우울증, 공황장애, 번아웃 등 심리적, 신체적, 사회적 기능에 큰
영향을 미치는 정신 건강 문제를 겪고 있다. 내 주변만 해도 두세 다리만 거
치면 공황장애에 우울증, 번아웃을 호소한다. 분명 각각의 병에 깊이는 다
다르겠지만 그들 외에도 대부분의 현대인은 우울증과 번아웃을 안고 산다
고 생각한다. 현대사회는 경쟁이 매우 치열하고 성과 중심적인 구조로 되어
있어, 직장뿐 아니라 학교에서도 끊임없이 자신을 증명해야 하는 압박감이
크다. 그러다 보니 거기에서 오는 스트레스도 만만치 않다. 게다가 온라
인 소통이 활발해지며 실제 만나 소통하는 경우가 급격히 줄어들었다. 그로
인해 생겨난 외로움과 고립감도 한몫할 것이다. 따라서 질병까지는 아니더
라도 정신 건강의 결핍은 누구에게나 조금씩 존재한다고 생각한다. 이러한

정신 건강 요소의 부족한 문제는 그것을 얼마나, 어떻게 잘 이겨내느냐의 차이로 질병으로까지 확산될 수 있다. 정신적 건강을 유지하고 향상하기 위해서 가장 중요한 요소는 자신을 긍정적으로 평가하고 자신의 가치를 인정하는 것이다. 또한 스트레스 관리가 가장 필수적 요소라 할 수 있다. 우리는 이러한 정신 건강을 위해 자신을 알고 관리하는 힘을 길러야 한다.

한동안 슬럼프에 빠지더니 우울감이 깊게 찾아온 적이 있다. 그때는 그 기분에서 벗어나기 위해 나름의 노력을 거듭했다. 우울한 마음을 행복으로 바꾸고자 했던 노력은 대부분 내가 20대 시절 좋아했던 것들이었다. 그런데 이상하게도 그 어떤 것도 재미있지가 않았다. 분명 내가 좋아했던 것들인데도… 심지어 그 좋아하던 쇼핑까지도 지루하기 그지없었다. 누군가에게 "스트레스는 어떻게 해소하며 지내세요?"라는 질문을 받은 적이 있다. "글쎄요." 그 질문에 선뜻 대답할 수가 없었다. 나는 스트레스가 없는 사람도, 스트레스를 받지 않을 만큼 멘탈이 강한 사람도 아닌데 말이다. 다른 생각할 거리로 가득한 비좁은 마음의 상자 안에 스트레스까지 억지로 구겨넣어두려 하다 보니 속이 답답하고 여간 불편한 게 아니었다. 정리되지 않은 생각처럼 좋지 않은 스트레스를 꼭꼭 싸매고 있었던 이유는, 슬프게도 스트레스를 푸는 방법을 잊어버렸기 때문이었다. 그래서 그냥 그렇게 무뎌지는 마음에 등을 돌린 채 살아왔다. 당장 나의 삶에서 중요한 것들을 찾고자 노력함이 필요했다. 제일 중요한 것은 내가 누군지, 내가 좋아하는 것은 무엇인지, 나는 지금 어떠한 상태인지 알아가는 게 우선이었다.

세상도 그러하듯 삶도 예측하기가 어렵다. 생각지도 못한 일들에 마음이 무너지고 나아갈 길을 잃고 헤매는 경우가 발생한다. 이러한 순간은 누구에게나 일어나며 누구에게나 어렵고 힘든 순간이다. 하지만 자신의 진짜 모습을 마주하고 인정하며 자신의 마음을 어루만져주는 과정을 놓치지 않는다면 마음이 자리를 이탈하는 일은 없을 것이다. 그러기 위해서는 나의 삶에서 중요한 것들은 무엇인지 자신에 대해 더 깊이 있게 탐구할 필요가 있다. 무엇이든 '나'가 중심이 되어야 한다. 나를 먼저 알아야 우울증이든 번아웃이든 모든 적과 싸워 이길 수 있다. 비밀스러운 공간에 숨어 있는 나 자신을 발견하고, 내 마음을 이해하는 것이 가장 우선해야 할 일이다. 내가 무엇을 좋아하고, 무엇을 꿈꾸며, 무엇을 소망하는지… 그리고 나의 행복감은 어디에서 오는지 나에게 물음표를 던져 보아야 한다. 그 물음에 주저 없이 대답할 수 있을 때 우리의 마음은 건강해진다.

나 또한 나를 찾기 위해 끊임없이 탐구 중이다. 자아를 찾기 위한 여러 노력 중 첫 번째로 실천한 것은 독서이다. 책에서 전해지는 메시지를 나와 연결 지으며 다시금 나 자신에 대해 알아가고 있다. 책에서는 대부분 긍정적인 사고를 통한 내면의 성장을 강조한다. 하지만 나이를 먹고 시간에 쫓기는 삶을 살다 보니 나에게 적용하기란 쉽지가 않다. 입시를 시작한 첫째부터 사춘기가 시작된 둘째까지 아직 나를 챙기기엔 매우 버겁다. 이론은 완벽하게 알고 있지만 현실에 적용은 아무래도 제약조건이 많다. 주위 사람들에게는 곧잘 나오는 예쁜 말, 고운 사고가 나에게 연관된 것들에는 왜 그리도 뾰족한 가시가 되어 표현되는지, 아직도 내면의 성장을 위한 노력은 끊임없이 진행 중이다. 내가 가장 먼저 독서를 선택한 이유는 단 한 가지다. 책은 언제나 내 편이기 때문이다. 내가 어떤 상황이든 그에 맞는 처방전을 나에게 제시해준다. 이건 나뿐만 아니라 누구에게나 통용되는 부분이다. 그래서 모든 사람에게 권하고 싶다. 책은 마음을 잠재우기도 하고 일깨우기도 하며, 다른 사람들의 경험이나 관점을 이해하고 나를 돌아볼 수 있는 시간을 제공해 준다. 생각보다 강력한 외로움이 찾아와도 책은 유일한 소통의 친구가 되어 줄 것이다. 마음이 지쳤을 때는 에세이로 위로를 주고, 삶이 무료해질 때는 추리 소설로 잠든 뇌를 깨워 줄 것이다. 메말라 가는 감정들은 로맨스 소설로 몽글몽글한 감성들을 채워 주며, 과거로의 여행까지 허락해주는 최고의 친구가 되어줄 것이다. 책이 주는 감개무량하고 깊이 있는 순간들을 모든 사람이 경험할 수 있기를 간절히 소망한다.

다음으로 나를 찾기 위해 라디오를 켰다. 예전에는 밤마다 습관처럼 라디오를 켜고 사람 사는 이야기에 함께 울고 웃곤 했다. 그러나 최근 뮤직 콘텐츠의 발달로 인해 취향에 맞는 음악을 선택해 듣는 것이 더 쉬워지면서 어느 순간부터 라디오는 점점 멀어졌다. 하지만 문득 그 시각적인 요소가 없는 라디오가 그리웠다. 다시금 라디오를 켜고, 그 속에서 나의 상상력을 자극하며 많은 사람들의 이야기에 공감하고 싶다는 마음이 들었다. 라디오를 통해 흘러나오는 목소리들은 잊고 있던 따뜻한 감정을 되살려 주었고, 그 매력은 나를 채우기에 충분했다. 사람들의 사연을 들으며 밑바닥에 깔려 있던 나의 생각들이 가지 뻗듯 자라나는 걸 느꼈다. "맞아. 나도 그랬어." 나와 같은 생각과 경험을 한 청취자의 사연이 흘러나올 때면 함께 이야기를 나누듯 마음의 위안을 얻었다. 때로는 나보다 못한 사람들을 위로하고, 때로는 세대 차이 나는 어린 소녀의 이야기에 과거를 회상할 수 있는 잠깐의 시간여행이 마련되었다. 책이 잔잔하게 울림을 주는 것과는 달리, 라디오는 생동감이 한 스푼 가미되었다. 말하자면, 라디오는 마치 살아 있는 듯한 느낌을 선사했다.

마지막으로 내가 좋아하는 것들을 탐색했다. 어느 순간부터 나를 위한 것을 챙겨본 일이 그다지 없다. 주변 사람들의 물건은 묻지도 따지지도 않고 즉시 구매해 버리지만 나를 위한 것들은 열댓 가지의 이유가 타당성 있게 맞아떨어져야 구매로 이어진다. 그러다 보니 늘 최저가순 첫 번째가 당첨된다. 그래서일까? 내가 좋아하는 것을 찾는 게 제일 어려운 숙제가 되었다. 요즘은 이것저것 나를 위한 쇼핑을 몇 가지씩 한다. 가족만큼이나 가까운 베프와 여행도 가고 커플 아이템 잠옷도 사며 소소한 것들에 웃음을 찾으려 노력 중이다. 그리 비싸고 화려하지 않음에도 불구하고 그 순간 행복이 찾아오는 것을 온몸으로 느낀다. 비싸고 화려한 것이 무조건 좋은 것은 아니다. 내가 웃을 수 있다면 그걸로 충분하다. 그래서 나는 친구와 매달 작은 커플 아이템을 구매하고 함께 언박싱을 즐기기로 약속했다. 그 작은 약속만으로도 나는 지금 미치도록 행복하다.

이렇게 나는 나를 탐구하고 알아가며 내가 좋아하는 것을 찾아 나가고 있다. 나이가 들수록 감정이 희미해져 이 과정을 쉽게 헤쳐 나가기란 쉽지 않다. 그러나 나를 더 깊이 이해하는 과정을 거치면서, 내 마음과 연결되는 통로를 찾아갈 수 있을 것이라고 믿는다.

우리는 '나'를 찾기 위한 노력을 반드시 실천해야 한다. 빈틈없이 비집고 들어온 휴대폰에 실속 없이 빠져 있기보다는 그 시간을 나를 찾기 위한 노력으로 활용해보자. 나에 대한 보상이 꼭 돈, 명품, 해외여행 등 보기 좋은 개살구로만 채워져야 한다는 생각은 버리자. 그것 말고도 나를 채워 줄 것들은 많다. 자신의 삶에서 무엇이 진정으로 중요한지를 알아보는 시간을 반드시 가져보기를 바란다. 그 속에는 무수히 많은 것들이 행복이라는 꽃을 피우기 위해 봉오리를 맺으며 당신이 알아봐 주길 기다리고 있을 것이다.

생활과 쉼의 적절한 거리 유지

서가영

여름 바다의 청량함과 활기찬 모습을 좋아하는 사람도 있지만 겨울 바다의 적막함을 좋아하는 사람도 있다. 편의점에 신제품이 나올 때마다 꼭 한 번씩 사서 먹어보고 유행하는 챌린지마다 도전하는 것을 즐기는 사람도 있지만 검증된 것들 위주로 선택하고 유행이 지나고 나서야 한 번 도전해 보는 사람들도 있다. 나는 조용함을 좋아하고 안정 지향적인 사람이다. 나답게 산다는 것은 매일 다를 것 없는 일상에 균열이 일어나지 않을 정도의 적당한 스트레스, 대단하지는 않아도 가끔 좋아하는 것들을 하는 것이다. 맥주 한 모금, 귀여운 소품, 예고 없이 선물 받은 꽃 한 다발, 늦가을의 선선한 바람이 주는 약간의 우울감, 현실에서 며칠이나마 도피할 수 있는 여행, 우연히 고른 책에서 찾은 멋진 구절……. 찾아보면 내가 좋아하는 것은 꽤 많다. 생활 속에 좋아하는 것들이 많으면 좋겠지만 아이러니하게도 생활은 나에게 행복감만 줄 수는 없다. 나는 아이들을 가르치는 일을 하고 그 일에 엄청난 보람을 느끼고 있지만 시시때때로 변하는 아이들을 매일 대하자니 마음이 소란한 날이 많다. 그래서 나는 생활 속에서 행복을 찾으려 하지 않고 생활에 활력을 불어넣어 줄 수 있는, 생활과는 분리할 수 있는 영역에서 쉼을 찾으려고 한다. 생활과 쉼의 적절한 거리 유지랄까.

대부분의 사람이 마찬가지겠지만 여름, 겨울 며칠의 방학, 공휴일을 제외하고는 원하는 때에 마음대로 일을 잠시 멈출 수 없다. 그래서 여름, 겨울이 되면 어떻게 하면 멋진 휴가를 보낼까, 이리저리 계획을 해본다. 누가 보면 일주일 정도 쉬나 싶을 정도로 꽤 원대하게 계획해 보지만 기껏해야 주말 포함 일주일이 채 되지 않는다. 하지만, 휴가를 앞둔 설렘까지 계산한다면 만족스러운 쉼의 시간이다. 이번 여름에는 친척 동생의 두 돌이 채 되지 않은 아기를 봐주기로 했다. 워킹맘이라 어린이집을 못 가게 되는 경우가 생기면 발을 동동 구를 수밖에 없는데 마침 나의 휴가와 어린이집을 쉬는 날이 딱 맞아떨어져서 내가 먼저 제안한 것이다. 휴가를 이렇게 보내는 것이 괜찮겠냐며 재차 물어보는 친척 동생에게 나는 정말로 멋진 휴가가 될 것 같다고 이야기했다. 그렇게 사흘의 휴가는 시작되었고 나의 기대만큼이나 최고의 휴가를 보냈다. 물론 아기의 체력을 따라가는 것은 역부족이었지만 오래간만에 까르르 넘어가는 아기 웃음소리를 듣는 것도, 조그마한 입에 맛있는 것을 넣어주니 이제 겨우 터득한 몇 가지 애교 스킬을 번갈아 가며 선보이는 것도 모두 나에게는 힐링이었다. 마지막 육아를 마치고 돌아가는 나의 몰골 때문인지 친척 동생은 나의 말을 믿지 않는 눈치였지만 말이다. 나의 휴가 소감을 들은 친척 동생은 나를 이상한 눈으로 쳐다보았다. 당연한 눈빛이다. 육아가 일상인 사람들은 물론 그 일상에서 엄청난 행복을 얻지만, 그것이 힐링이 될 수 없을 것이다. 일상이 아닌 것들은 얼마든지 쉼의 것들이 될 수 있다. 육아가 일상이 아닌 나에게 어쩌다 한 번의 육아가 쉼이 될 수 있듯이. 반면에 평일 저녁 일을 마치고 지인들을 만나 맥주 한 잔 기울이는 나의 일상이 워킹맘들에게는 엄청난 힐링이 아닐까. 오죽하면 자유부인이라는 말까지 나왔을까. 그렇게 생각해 보면 일상이 아닌 것들은 얼마든지 우리에게 쉼을 줄 수 있다.

이런 소소한 쉼의 시간도 있지만 한 번씩은 큰 이벤트 같은 것들이 있어야 한다. 한 번씩 떠나는 여행, 나에게 하는 셀프 선물, 꽤 괜찮은 날씨에 하는 여러 페스티벌, 연말의 콘서트들, 때로는 일상을 뒷전으로 보낼 만큼 몰입되는 드라마까지. 일상을 잊을 정도로 푹 빠져들게 되는 이벤트들은 일을 열심히 하게 하는 동력이 된다. 얼마 전 이문세 콘서트를 다녀왔다. 이문세 노래를 좋아하기도 하고 엄마와 함께 즐길 수 있는 노래들은 많지 않기에 좋은 공연이 있을 때 다녀와야 한다. 공연장은 각자의 추억을 가지고 온 사람들로 가득했다. 처음 들어 보는 노래도 있었고, 꼭 듣고 싶은 노래도 들을 수 있었다. 같은 선율을 듣더라도 노래는 각자 사연에 따라 마음에 다르게 적힐 것이다. 저마다 머릿속으로 다른 장면들을 떠올리며 추억을 곱씹고 있었다. 이게 노래의 매력이다. 모든 것이 다 좋았다. 공연이 끝났지만, 여전히 노래를 흥얼거리는 엄마의 밝은 모습을 보는 것도, 시간이 지나는 대로 그 세월과 어우러져 더욱 멋있어진 이문세를 보는 것도 좋았다. 이문세는 오랜 시간을 함께한 팬들도 감사하지만, 그 못지않게 지금 젊은 친구들이 좋아해 주는 것도 큰 의미가 있다고 했다. 그 이유는 현재의 자신을 좋아해 주기 때문이란다. 지나간 것들은 시간이 흐르면 무엇이든 추억이라는 단어를 만나 의미 있게 변한다. 그렇지만 지금의 순간들을 아름답게 느끼기란 쉽지 않다. 젊은 날의 나도, 변해가는 나도 그리고 변화한 나의 현재 모습을 좋아해 주는 사람이 늘 존재한다는 것은 너무 멋진 일인 것 같다. 여전히 마음을 울리는 노래를 라이브로 듣고 그 순간의 아름다움이 온전히 느껴졌던 그 순간은 나에게 큰 쉼이 되었다. 콘서트를 다 보고 그 여운까지 더하니 무료한 삶에 다채로움을 더해주기에 충분했다.

　마음에 쏙 드는 드라마나 글을 만나는 것도 나에겐 꼭 가져야 할 큰 행복이다. 요즘처럼 OTT, 다시 보기 등이 많이 없던 시절에는 무조건 본방 사수를 하기 위해서 드라마 시작하기 십 분 전부터 대기하기도 했다. 일주일 내내 기다리던 드라마가 극적인 장면에서 끝나게 되면 탄식을 자아내며 또 일주일간의 기다림이 시작된다. 그리고 그 기다림은 드라마가 종영되는 날까지 나에게 몰입감과 행복을 준다. 작년에 〈연인〉이라는 드라마에 푹 빠졌다. 〈연인〉은 병자호란을 배경으로 한 장현과 길채의 절절한 사랑 이야기이다. 우연히 보게 된 한 장면에서부터 시작된 드라마는 내 모든 정신을 금, 토 저녁으로 끌고 갔다. 평일의 끝자락, 조명을 어둡게 하고 좋아하는 드라마에 집중하며 가벼운 주전부리를 먹는 그 시간은 일주일의 피로를 풀기엔 아주 완벽한 시간이었다. 〈연인〉의 작가는 이 작품을 위해 무려 오 년이라는 시간을 공들였다고 했다. 사시사철 계절의 아름다움을 온전히 느낄 수 있는 영상미, 분위기를 고조시키는 배경음악, 배우들의 완벽한 연기 모든 것들이 합쳐져 텍스트로 적혀 내려간 대본들이 빛을 발했다. 덕분에 편한 자세로 누군가의 노고를 누리는 호사를 부렸다. 글도 마찬가지다. 드라마가 주는 생동감과 감동 못지않게 마음을 울리는 때가 있다. 나는 에세이 읽는 것을 즐기는데 에세이를 읽을 때면 어릴 적 보물찾기를 하는 기분이 든다. 무엇이 숨겨져 있는지 알 수 없지만 내 마음을 울리는 문장을 만났을 때의 감정은 정말 보물을 찾은 것만 같다. 드라마가 흠잡을 데 없는 완벽한 선물을 받는 느낌이라면 책은 예상치 못한 선물을 받는 느낌이랄까.

이렇듯 나는 생활과 쉼 사이에서 적절한 거리를 유지하며 소소한 행복을 좇는 삶을 꿈꾼다. 우리는 똑같이 주어진 시간을 다른 속도로 걸어갈 것이다. 빠르게 달리지 않아도, 엄청난 성과를 내지 않아도, 누군가가 내 이름을 알아주지 않아도 스스로에게 만족하며, 위로하며 그렇게 걸어 나가고 싶다. 나다운 삶이란 그런 것이다. 조금 더 욕심을 내자면 살면서 하나씩은 더 새로운 것들에 도전하며 색다름을 더해주고 좋아하는 것들이 다양해졌으면 한다. 삶에 끌려가지 않고, 지치지 않고, 좋아하는 것들을 놓치지 않고 그렇게 아주 조금씩 내 삶에 대한 만족감이 완만하지만, 상향의 그래프를 그렸으면 좋겠다.

좋아하는 일을 찾아 떠나요

유소정

"좋아하는 것 있으세요?"라고 물어보았을 때, 바로 답을 할 수 있는 사람이 몇이나 있을까? 나 역시 지난 수년간 치열한 경쟁 속에 먹고살기 바쁘다는 핑계로 내가 좋아하는 것을 잊고 살았다. 그래서 과감하게 모든 것을 내려놓고 나는 나를 마주해보았다. 해보고 싶었던 것, 가보고 싶었던 곳 차근차근 떠올려 보며 자유롭게 도전해보았다.

가장 좋아했지만, 시간적 여유가 없어 할 수 없었던 서핑을 처음 시도했다. 서핑은 정말 매력적이고 한 편의 인생과도 같은 종목이다. 서핑은 파도의 적절한 방향, 크기, 형태를 확인하여 나에게 적절한 파도가 도달했을 때 기회를 잡아타는 것이다. 그래서 아무리 바다에 들어간다 한들 좋은 파도를 만나기 위해서는 하염없이 인내하며 기다려야 한다. 기다리는 동안 끊임없는 패들링으로 서핑 연습도 해야 한다. 이후, 좋은 파도가 온다는 것을 감지했을 때, 내가 연습해온 모든 노력을 쏟아 부어 그 파도 위를 올라야 한다. 파도를 잡았을 때, 비로소 우리가 알던 멋진 서핑 장면을 연출할 수 있다. 이렇듯 서핑을 하다 보면 인생을 알 수 있다. "기회는 준비된 자만이 잡을 수 있다."라는 말처럼 기회는 다가올 때, 잡아야 하며 그 기회를 놓치지 않기 위해 스스로 평소에 많은 연습을 해두어야 한다는 것이다. 그래서 서핑이 좋았고 서핑이 나의 목표를 향해 달려가는 데 큰 도움이 되었다.

서핑으로 만들어 낸 단단해진 내면의 힘으로 이루게 된 다음 목표는 독서 논술지도사였다. 나는 평소 책을 읽고 느낀 감정을 표현하는 것을 좋아했다. 어릴 때부터 꾸준히 읽고, 그려내고, 써보는 활동을 통해 나를 표현했다. 그것은 나의 행복이었다. 그러다 이렇게 내가 좋아하는 일이 직업이 된다면 얼마나 기쁠까? 하고 좋아하는 일을 직업으로 삼는 멋진 커리어우먼을 상상하곤 했다. 그러던 어느 날, 내가 좋아하는 일을 직업으로 전환할 때가 되었다고 생각했다. 책을 읽고 느낀 감정을 표현할 수 있는 작은 일부터 시작했다. 초등학생 아이들에게 독서의 즐거움을 알려주고, 글과 그림으로 다양하게 자신의 감정을 표현하는 방법을 가르쳤다. 내가 좋아하는 일로 아이들과 함께할 수 있다는 것은 너무나도 행복한 일이었다.

"아, 이거다. 좋아하는 일이 직업이 될 수 있구나!"

174

기회가 찾아올 것을 대비해 끊임없이 노력한 덕분에 좋아하는 것을 접목한 일을 실현하게 되었다. 그때부터 독서 코칭 관련 자격증을 준비했다. 차차 다양한 수업 경험을 쌓아가며 나를 키워냈다. 좋아하는 일은 강력한 에너지를 가졌다. 아무리 힘든 상황에서도 끝까지 버틸 수 있는 지구력이 생긴다는 것이다. 경력을 쌓아가는 과정 중 당연히 힘들 때도 있었다. 하지만 좋아하는 일이라고 세뇌는 순간, 나를 힘들게 하는 생각들이 말끔하게 걷혔다. 공부하는 순간들이 너무 소중하고 행복했다. 좋아하는 일로 누군가를 성장시키는 것까지 생각하니 설레어 잠도 오지 않는 날이 많았다.

시기적절하게도 현대사회는 코로나를 기점으로 문해력으로 인한 문제점들이 많이 시사되고 있었다. 실제로 문해력을 키우려면 독서를 많이 해야 한다. 성인, 아이 할 것 없이 영상, 미디어 매체에 큰 영향을 받는 모든 사람이 독서로 문해력을 키워야 하는 실태다. 럭키비키!(행운을 뜻하는 유행어) 불행 중 다행히도 나는 독서를 너무 좋아하는 사람이었다. 아 이제 내가 잡아타야 할 파도가 오는구나. 좋아하는 것을 꾸준히 노력하다 보니 그것을 잘 써볼 적절한 시기가 나타난 것이다. 운도 준비된 사람에게 찾아온다는 말이 정말 틀린 말이 아니다.

그렇게 나는 어느 작은 신도시의 독서 코칭 전문학원 원장이 되었다. 그리고 아이들에게 꽤 인기 있는 선생님이 되었다. 책 안 읽는 아이, 책 못 읽는 아이, 책 싫어하는 아이 등 다양한 아이들이 등록했고 마법처럼 나와 수업한 아이들은 책을 즐기게 되었다. 아이들은 선생님이 어떤 마음으로 본인을 가르치는지 안다. 내가 마음을 다해 독서의 즐거움을 알려주었기에 아이들 또한 나의 마음을 이해했을 것이다. "즐기는 자는 이길 수 없다." 아이들에게 항상 해주는 말이다. 결국 나는 좋아하는 것으로 잘하는 일을 찾아냈다. 이렇게 나를 찾아가는 끝없는 노력이 지금의 나를 만들었다.

그렇다면, 반대로 좋아하는 일을 모른다면 어떻게 해야 할까? 도전이다. 한 번 도전해보고 별로여서 포기한다 해도 혼낼 사람은 아무도 없다. 내가 궁금했던 것, 경험해보고 싶었던 것을 차가운 계곡에 발만 살짝 담가보듯 가볍게 체험해 보면 된다. 가벼운 체험일지라도 그 물이 차가워서 못 들어가는지, 생각보다 시원해서 들어갈 수 있는지 직접 들어 가봐야 알 수 있다. 결국 무엇이든 우선 경험해보아야 알 수 있는 것이다. 그러다 보면 자연스럽게 내공이 쌓이게 되고 경험했던 일 사이 토너먼트를 통해 우선순위가 정해진다. 나의 선택을 받고 상위권에 든 일들은 조금 더 깊이 도전해보는 것이다. 점차 깊이 있는 도전에도 즐거움을 느낀다면 그게 바로 좋아하는 일이지 않을까? 그러다가 또다시 아니다 싶으면 새로운 일에 도전해보면 된다. 이미 쌓인 내 안의 데이터들을 통해 다음의 재미있는 일을 찾는 것은 더욱 식은 죽 먹기일 것이다.

좋아하는 것을 향해 삶을 항해한다는 것은 설레는 일이지만 거친 파도를 만날 때면 두려워지기도 한다. 하지만 두렵다고 멈출 필요는 없다. 한 번에 제대로 된 방향으로 밀고 나아가라는 것이 아니다. 단지 지금부터 작게나마 내가 좋아하는 일을 하나씩 시작해보는 것이 중요하다. 스스로 직접 찾아보고 경험해보며 느끼는 성취감과 즐거움의 여정이 있어야 지치지 않고 오래갈 수 있다. 가끔 나를 괴롭히는 난코스도 존재할 것이다. 이 또한 훗날 내가 이렇게 힘든 길을 왔노라며 멋진 에피소드를 만들어낼 수 있는 영웅담이라고 생각하면 된다. 좋아하는 것을 향해 떠나는 긴 여정. 가장 중요한 것은 지치지 않는 마음이다. 정답은 없다. 내가 가는 길이 한편의 새로운 길인 것을. 지금 당장 시작해보자.

커피 한 잔의 여유

이하나

최근 기사에서 한국인이 1인당 1년에 마시는 커피가 평균 405잔이라는 기사를 본 적이 있다, 전 세계를 기준으로 해도 한국이 전 세계에서 미국과 중국 다음으로 최대 커피 소비국이라고 하니 우리나라 사람들의 커피 사랑이 얼마나 큰지 가히 알 수 있다. 지나치게 일을 많이 하는 한국인 특성상 커피를 달고 살며 하루하루 버틸 힘을 얻는다. 요즘은 유명한 맛집을 찾는 사람만큼 감성적인 카페를 찾아 나서는 사람도 많아지고 있다. 다녀온 카페를 SNS에 인증하며 올리는 것도 카페를 방문하는 묘미 중 하나이다. 나 역시 커피를 좋아한다. 좋아하는 정도를 넘어 내 생활에 꼭 필요한 존재라고 할 수 있겠다. 이렇게 좋아하는 커피를 건강 때문에 하루 한 잔밖에 못 마시니 억울할 뿐이다. 커피를 좋아한다고 하면 원두의 차별성이나, 커피를 내리는 법쯤은 줄줄 꿰고 있으리라 생각할 수 있지만 전혀 아니다. 오직 마시고 즐기는 데에만 관심이 있을 뿐 배워볼까? 이런 호기심은 생기지 않았다.

까탈스럽게 커피 맛이 이러쿵저러쿵 전문 지식을 늘어놓는 데도 딱히 관심이 없다. 그냥 하루 한 잔, 일하며 함께 즐기는 순간이 행복할 뿐이다.

커피를 처음 마시기 시작한 건 고3 때부터였다. 길만 걸어가다 보면 즐비한 카페가 있는 지금과 달리 딱히 커피를 살 곳도 많지 않았다. 친구들과 함께 다니던 독서실에는 복도에 자판기가 하나 있었는데 파란색 캔커피 '레쓰비'를 자주 마셨다. 얼마였는지 정확히 기억나진 않지만, 용돈으로 먹기에 부담 없고 시원하고 달콤해 맛이 참 좋았다. 동전을 넣고 버튼을 누르면 '덜커덩' 소리와 함께 미끄럼을 타듯 내려오는 캔 커피 하나면 하루의 피로가 싹 씻기는 듯했다. 코끝이 시린 쌀쌀한 계절에도, 모두가 잠든 어두운 밤에도 종이컵에 담긴 따뜻한 자판기 커피 한잔이면 서글프고 차가웠던 공기가 살랑살랑 봄바람처럼 느껴지고 외로운 마음도 조금은 덜어지곤 했다. 그렇게 커피와 함께하는 삶이 시작되고 있었다. 대학교 편의점에는 '쟈뗑'이라는 컵 커피를 팔았는데 수업이 있는 날이면 먼저 온 친구가 강의실 안 책상에 커피를 하나씩 올려놓곤 했다. 카페 모카, 카라멜 라떼, 카푸치노 다양한 종류가 있어서 기분 따라 골라 먹는 것도 대학교 생활의 큰 즐거움이었다. 자판기 커피보다는 진해서 풍미가 좋고 맛도 더 깊었다. 한때는 거침없이 하이킥의 인기와 함께 극 중 주인공 서민정이 좋아하던 카라멜 마끼야또가 유행하기 시작했다. '스타벅스'라는 커피 브랜드가 곳곳에 생겨나면서 그곳에서 처음 카라멜 마끼야또를 맛보았는데 그때 기억은 아직도 생생하다. 씁쓸한 커피 위에 뿌려진 캐러멜과 풍성한 거품이 한데 어우러져 '세상에 이런 맛도 있구나.' 감탄했던 기억이 난다. 요즘은 뭘 먹어도 그때의 감동만큼 크지는 않다. 주머니 사정이 가벼운 그때 용돈을 모아 마시는 날이면 세상을 다 가진 것처럼 행복했다.

다들 꿈을 가지라고 외치는 20대에는 꿈이 없었다. 그저 주변에서 취업이 잘된다는 전공에 맞춰 대학교를 진학했다. 적성에도 맞지 않는 전공 공부를 해가며 취업하기 위해 필수라는 스펙을 쌓아갔다. 나를 알아갈 경험이나, 기회는 없었다. 그저 앞을 향해 달려가는 사람들을 따라 뒤처지지 않기 위해 무작정 뛰어가는 경주마처럼 영어 공부를 하고 취업 스터디를 했다. 대학교를 졸업 후에도 달라진 건 없었다. 딱히 하고 싶은 일이 없었으니 전공을 살려 적당한 연봉, 적당한 근무환경에 맞춰 취업했다. 내가 하고 싶은 일은 아닌데 주변에서 "그만하면 됐지 이 정도 연봉 주는 회사도 없다."라는 말을 방패로 나에게 주어진 일을 해 나가려 노력했다. 겉보기에는 안정적인 직장을 다니며 그럴듯한 옷을 입고 있었지만 내 마음은 외딴섬처럼 늘 외롭고 공허했다. 그래서 '이대로 괜찮을까?' 스스로 끝없이 질문하며 답을 찾으려 방황했다. 마음이 답답한 날이면 혼자 경치 좋은 카페를 찾아 씁쓸한 커피 한잔 마시다 보면 태산 같던 고민도 조금은 가볍게 느껴졌다. 커피는 마음이 힘든 나를 위로하는 좋은 친구이자, 고마운 존재로 늘 곁에 있었다.

방황하던 20대를 지난 지금도 여전히 커피를 좋아한다. 카페마다 시즌별로 앞다투어 시즌 메뉴를 낸다. 영업 마케팅이라고 무시하는 사람들도 있겠지만 나는 늘 그런 것에 마음이 동하고 만다. '스타벅스'에서는 슈크림이 풍성한 슈크림 라떼를 판매해 봄을 알린다. 슈크림 라떼와 함께 벚꽃을 즐기면 화사한 봄이 더욱 설렌다. 여름이면 부드러운 씨솔트 카라멜 콜드브루와 함께 바다로 여행을 떠나고 짧아서 더 아쉬운 가을이면 깔끔한 글레이즈드 라떼를 마신다. 1년 중 제일 서글프고 쌀쌀한 겨울이면 따뜻한 토피넛 라떼와 함께한다. 겨울에만 마실 수 있는 토피넛 라떼를 생각하면 싫었던 겨울이 조금은 덜 싫어진다. 이렇게 사계절을 만끽하다 보면 일 년이 금방 지나간다. 좋아하는 커피와 함께이기에 인생이 조금은 살아 볼만하다 느끼는 게 아닐까?

"우주에서 의식이 있는 존재로 태어나는 것은 아주 귀한 일이긴 하지만, 분명 사는 것은 고통스러운 일이다."

김영하의 『작별인사』 책에 나오는 구절이다. 삶이 고통으로 가득 차 있다니 조금은 염세주의처럼 느껴지긴 하지만 이 말은 어쩐지 나에겐 위로가 되어 다가왔다. 우리는 각자의 삶의 무게를 지고 살아간다. 삶의 무게와 이유는 모두 다르지만 분명한 것은 누구나 다 고통 속에서 살아가며 그 무게를 조금씩 덜어내기 위해 노력해 나가야 한다는 사실이다. 삶에 거창한 의미를 찾을 필요는 없다. 그저 내 마음이 덜 힘든 방향으로, 가벼워지는 방법을 찾으면 된다. 삶은 때로 힘들고, 고통이지만 우주에서 의식이 있는 존재로 태어난 우리는 앞으로 나아가야 하고 또 내일을 살아내야 한다. 이 과정에서 내 편이 되어줄 수 있는 몇 개쯤은 만들어 주면 어떨까? 언제든지 내 마음이 힘들고 위로받고 싶을 때 찾을 수 있는 안식처 몇 개쯤은 간직하고 있었으면 좋겠다.

커피는 자갈이 가득 깔린 울퉁불퉁 험난한 길을 걸어가는 순간에도 그 길이 힘들지 않게 느끼도록 도와주었다. 그 자리를 무엇이 대신할 수 있을까? 만약 나에게 커피가 없었다고 생각하면 인생이 너무 고되고 피곤하다.

"커피를 빼놓고는 그 어떤 것도 좋을 수가 없다."

베토벤의 말에 저절로 고개가 끄덕여진다. 누구나 좋아하는 것 한두 개는 있을 것이다. 커피가 될 수도 있고 달리기가 될 수도 있고 음악이 될 수도 있고 향수가 될 수도 있다. 아주 사소한 것이지만 그 사소한 것이 주는 힘은 어떤 것 보다 크다. 좋아하는 것들이 생겨날수록 내 삶에 대한 애정도 깊어지고 느낄 수 있는 행복의 크기도 커진다. 힘든 일을 해야 하는 순간에도 좋아하는 걸 생각하면 눈 질끈 감고 해보자는 생각이 들기도 하고 이것만 하고 나면 즐거운 시간이 기다리고 있다는 생각만으로도 버틸 힘을 준다.

"커피 한 잔의 여유"

유명한 광고 문구처럼 인생에 내가 좋아하는 것 하나쯤은 즐길 여유는 있어야 하지 않을까? 좋아하는 것들을 가까이 둬 보자. 기쁨은 2배로 슬픔은 반으로 느껴질 것이다.

지치지 않고 나답게 살고 싶은 당신에게 전하는
독서 코칭 전문가의 한마디

독서로 나답게 살기 감요섭

모든 사람의 삶이 똑같을 수 없습니다. 자신의 삶은 자기 방식대로 살아가는 것이 바람직합니다. "책 속에 길이 있다."라는 명언은 여전히 유효합니다. 독서는 자신을 발견하고, 이해하고, 사랑하기 위한 가장 쉽고 빠른 고속도로와 같습니다. 독서로 '나만의 길'을 개척해 보세요.

비움을 채움으로 구숙경

결핍은 무엇과도 바꿀 수 없는 소중한 자산이 아닐까 싶습니다. 부족한 사람이 채우고 싶어 하니까요. 그것이 연료가 되어 줄 것입니다. 아이들에게도 많이 못해주었다고 마음 아파하지 마세요. 분명 더 큰 성장의 원동력이 될 것입니다.

관대함 김원영

나 자신에게 관대해져야 합니다. 모든 것을 완벽하게 해야 한다는 부담감을 내려놓고, 최선을 다한 자신을 인정하고 존중하세요. 그 과정에서 나를 사랑하고 소중히 여기는 법을 배우게 될 것입니다. 완벽하지 않아도 괜찮다는 것을 받아들이고, 나 자신에게 진심으로 다가가는 시간을 가져보세요.

나를 사랑하기 김정은

오늘 하루, 나를 사랑하기 위해 어떤 노력을 했나요? 나에게도 '토닥토닥', '잘하고 있어' 응원하는 연습이 필요합니다. 나 자신을 사랑하는 연습을 시작해봐요. 당신은 충분히 사랑받을 자격이 있는 사람입니다. 잊지 말아요. 가장 많은 시간을 함께하며 마주하는 사람은 바로 '나' 자신이라는 것을.

나를 위한 꿈 김혜진

내가 좋아하는 일을 하면서 내가 가고 싶은 방향으로 이끌어가는 하루를 살아가면 좋겠습니다. '나는 무엇을 좋아하는지, 내가 꿈꾸는 삶은 어떤 방향인지.' 초점을 나에게 둔 질문을 많이 해보세요. 내 안에서 찾은 답으로 이루고 가꾸는 삶이 나답게 살아가는 첫걸음입니다.

가장 나다운 성장 — 나혜영

거울을 보면 제 얼굴이 애처로워 보일 때도 있고, 빛이 날 때도 있어요. 가장 나다운 얼굴은 어떤 얼굴일까요? 분명한 것은 저와 학생의 내적 성장을 만난 날, 껑충 뛰어오르는 마음만은 감출 수 없어요. 내 마음에 집중하면 조금 더 선명해진 내가 보여요.

회복의 여정 — 백경원

지친 마음과 무너진 일상은 번아웃과 우울증으로 이어질 수 있습니다. 책 한 권을 펼치고, 라디오의 잔잔한 소리를 들으며, 자신에게 솔직해지는 시간을 만들어보세요. 이 작은 실천이, 당신을 번아웃의 늪에서 지켜내고 나를 위로하는 시간이 되어 줄 것입니다.

쉼의 영역 — 서가영

대화의 원리 중 '적절한 거리 유지의 원리'가 있습니다. 사람은 연관성, 독립성이라는 상반된 욕구 사이에서 균형을 유지하고 싶어 합니다. 이를 대화 과정에 적용한 것인데 적절한 거리를 유지함으로써 원활한 대화를 할 수 있다는 것입니다. 인간관계에서도, 내 삶 안에서도 마찬가지 아닐까요? 일상의 소중한 것들을 발견하기 위해 생활과 쉼 사이에서 적절한 거리를 찾아보세요.

나다움을 찾아 떠나요 — 유소정

나다움을 찾기 위해 좋아하는 일이 무엇인지 스스로에게 물어보고 작은 도전부터 시작해 보는 건 어떨까요? 경험 속에서 나를 발견하고, 즐거움으로 이어지는 길을 만들어 갈 수 있을 거예요!

사소함이 주는 힘 — 이하나

나의 '호(好)'를 아는 것은 삶의 중요한 시작점입니다. '호(好)'는 사소하지만 아주 큰 힘을 가지고 있습니다. 거창하지 않아도 좋습니다. 내가 좋아하는 일, 좋아하는 취향, 좋아하는 사람들, 내가 좋아하는 사소한 것들이 일상에 물드는 순간 행복이라는 선물이 자연스레 찾아올 것입니다.

4장

번아웃 극복을 위한
균형 잡힌 삶으로의
여행

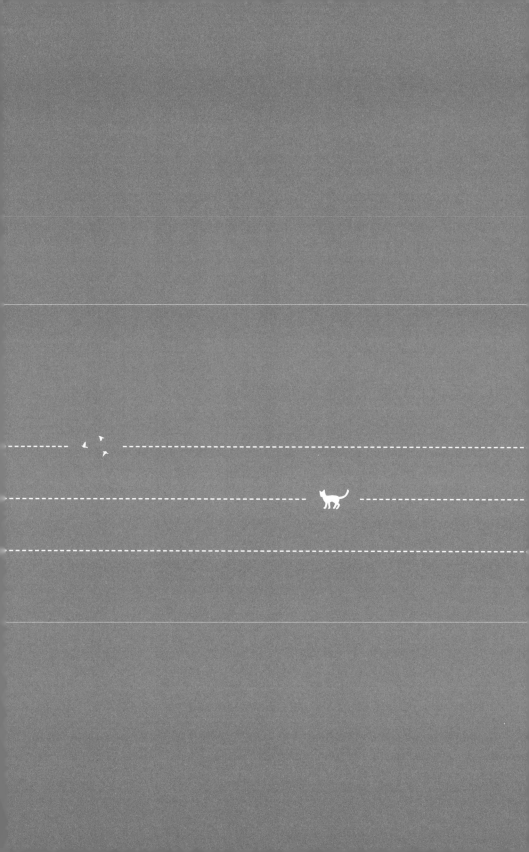

당신은 다채로운 사람이다

감요섭

일과 삶의 균형을 뜻하는 '워라밸'이라는 말은 최근 우리나라의 성인들이 나누는 대화에서 큰 비중을 차지하고 있다. 내 주변에도 많은 친구들과 동료들이 워라밸에 대해 고민한다. 많은 사람들이 자신의 노동 시간을 줄이고 시간을 확보하여 가족과 함께 시간을 보내고, 여가를 즐기기 위해 노력한다. 이런 말이 최근에 유행하는 것을 보면 우리나라 사람들이 그동안 참많이 일했다는 생각이 든다. 가족과 함께할 시간을 포기하고, 여가를 즐길 시간을 포기하면서 가정의 경제적 안정을 위해, 국가의 발전과 성장을 위해 참으로 애를 쓴 것 같다.

일과 삶의 균형을 찾자는 분위기가 형성되고 있는 것을 보면 이제는 경제적 성장도 중요하지만 개인의 삶, 즉 진정한 의미의 자아실현도 그만큼 중요한 가치로 인식되고 있는 것 같다. 예전에는 자아실현은 일을 통해서만 가능하다고 생각하는 사람들이 많았다. 하지만 이제는 일을 통해서 자아를 실현하는 것을 넘어서 일 외에 개인의 삶에서도 자아실현을 추구하는 사람들이 많아지고 있다. 이렇게 사람들의 인식이 변화되는 것은 자아실현의 개념이 확장되고 있다는 것이 아닐까.

자아실현의 개념이 확장되는 것은 환영할 일이라고 생각한다. 일에만 몰두하고 일을 통해서만 자아실현을 추구하다 보면 쉽게 번아웃에 빠질 수 있기 때문이다. 일은 우리가 생계를 유지하기 위해서 가장 중요한 수단이지만 그것이 전부는 아니다. 일도 소중하지만 우선은 나 자신과 내 주변에 있는 사람들이 더 소중하다. 일은 나를 나타내는 많은 것 중 하나일 뿐이다. 그런 인식을 가져야만 일을 하다가 번아웃이 오더라도 쉽게 이겨낼 수 있다고 생각한다.

부끄럽지만 이것은 모두 나의 경험이다. 나 또한 자아실현의 개념을 확장하지 못한 상태에 있을 땐 일에 몰두하다 번아웃이 찾아오면 나를 쉽게 잃어버렸다. 일이 잘되지 않았다고 나 자신을 자책하며 자아실현이 좌절됐다고 생각했다. 하지만 앞서 이야기한 바와 같이 좋아하는 것, 즉 자아실현의 개념을 스스로 확장시키면서 번아웃이 찾아와도 나를 잃어버리지 않게 되었다. 일은 나를 표현하는 하나의 수단일 뿐이기 때문이다. 관점을 바꾸면 내 삶에서 일만큼 중요한 것들이 많다. 그것은 사실 일보다 더 중요한 것일지도 모른다.

가장 중요한 것은 가족이다. 나는 남편이면서 아빠이기도 하다. 지금의 나는 이것이 일만큼, 어쩌면 일보다 더 중요하다고 생각한다. 이 역할을 잘 해내기 위해 가장 노력하고 있는 부분은 양육과 심리 관련 책을 읽으며 공부하고 행동하는 것이다. 가정을 이루고 남편과 아빠의 역할을 동시에 수행하다 보니 부족한 부분과 개선해야 할 점이 많다. 내가 자라온 양육 환경에서 경험한 결핍이 아내와 자녀에게 부정적인 영향을 주지 않도록, 그래서 건강한 가정을 잘 가꾸어 가는 것이 내가 이루고자 하는 자아실현의 중요한 한 부분이다.

예전에는 일에만 몰두한 나머지 가족과 함께하는 시간에도 일 생각만 했고, 휴식을 취하거나 여행을 가더라도 마음 편히 쉬지 못했었다. 이제는 집에 있는 시간에는 일 생각을 내려놓고 가족과 함께하는 시간을 즐기며 대화를 많이 나누려고 한다. 나는 아내와 함께 학원을 운영하며 독서 코칭 선생님으로 일하고 있기 때문에 일에 대해 많은 대화를 나눈다. 어떻게 하면 더 많은 학부모에게 독서교육의 중요성을 알릴 수 있을지, 우리가 만나는 아이들을 어떻게 긍정적인 방향으로 교육할 수 있을 것인지 많은 대화를 나눈다. 그리고 우리 가정을 어떻게 꾸려갈지, 양육은 어떤 방향으로 할지 대화한다. 아들과는 바깥에서 뛰어놀거나 책을 함께 읽으며 생각을 나누고 대화한다. 그리고 잠들기 전에 아이의 일상과 그때 느낀 감정에 대해서도 자주 대화를 나누려고 한다.

또 중요한 것은 좋아하는 것들을 많이 만들어 그것들로 자신만의 생활 루틴을 만드는 것이다. 우리 개개인은 다채로운 사람이다. 일, 가족 외에도 진정으로 자신이 좋아하는 다양한 것들을 찾아내고 즐겨야 한다. 그것 또한 자아실현의 중요한 요소이기 때문이다. 나는 독서가 좋았다. 그래서 틈만 나면 독서를 즐긴다. 독서를 좋아하다 보니 자연스럽게 글쓰기에도 관심을 가지게 되었다. 그래서 지금 이 글도 쓰게 되었다. 독서를 하다 보면 생각이 정리되지 않아서 머릿속이 복잡할 때가 많다. 그래서 걷고 달리기를 시작했다. 달리기가 좋은 이유는 달리면서 복잡한 생각을 정리할 수도 있고 때로는 아무 생각도 하지 않을 수 있다는 점이다.

자신이 좋아하는 것이 많을수록 사람이 건강한 사람이라고 생각한다. 무언가를 좋아한다는 것은 자기 정체성의 일부이며, 좋아하는 활동을 반복하는 것은 자아실현에 도움이 되기 때문이다. 일도, 가족도, 내가 좋아하는 활동도 똑같이 중요하다. 지금의 나에게는 앞의 세 가지 요소를 균형 있게 추구하며 하루하루를 살아가는 것이 나다운 삶을 살아가는 방법이라고 생각한다. 독자는 점검해보면 좋겠다. 일 자체를 자아실현의 전부로 여기거나 자신이 좋아하는 특정 활동만을 전부라 여기고 있는지, 아니면 그 외에 다른 어떤 것을 그렇게 생각하고 있는지 살펴봐야 한다. 자아실현의 수단이 한 가지에만 치중되어 있다면 인식을 바꿔야 할 때라고 여기면 좋겠다.

마지막으로 강조하고 싶은 것은 당신은 다채로운 사람이라는 것이다. 어느 한 가지 요소만이 당신을 대표할 수 없다. 나다운 삶을 살기 위해서는 자아실현의 개념을 확장해야 한다. 당신이 생각하는 것보다 당신은 큰 사람이다. 자기 자신을 더 큰 존재로 여기고 균형 있게 살아갈 필요가 있다. 당신이 더이상 번아웃 때문에 힘들어하지 않기를 바란다. 나를 이루고 있는 어느 한 부분에 번아웃이 와도 다른 부분에서 나답게 살아가며 돌파구를 찾을 수 있다. 바로 지금 책장을 넘기지 말고 스스로에게 이렇게 말해보자. 나는 다채로운 사람이다.

마음의 소리를 듣고 삶의 균형 찾기

구숙경

"난 운을 기다리는 것보다 정확하게 하는 게 좋아. 그래야 행운이 올 때 놓치지 않을 테니까."

『노인과 바다』에서 내가 가장 좋아하는 노인의 혼잣말이다. 노인의 '삶에 대한 태도'가 느껴져서 참 좋다. 예전엔 이 소설이 크게 와닿지 않았다. 소년과 나이를 초월한 우정이 조금 잔잔한 감동을 주었을 뿐이었다. 시간이 한참 지나고 다시 읽었을 땐 다르게 다가왔다. 그간 내게 많은 경험이 쌓여서 그런지 노인이 내뱉는 혼잣말들이 매 순간 바쁘게 살아가면서 속으로 읊조리듯 한 내 마음 같아서 뭉클했다.

이십 년 전쯤이다. 남편이 승진했다. 전화벨이 쉴 새 없이 울렸고 축하 꽃다발과 꽃바구니, 그리고 이름은 잘 모르지만 예쁘게 포장된 커다란 화분들이 집으로 배달되었다. 직장 동료들과 동창들, 각종 모임에서 보낸 것인데 그중 난이 가장 많았다. 한동안 집이 꽃향기로 그윽했다. 그런데 6개월쯤 지났을까? 그렇게 많던 화분들이 반도 남지 않았고 1년 정도 지났을 때는 거의 두세 개밖에 남지 않았다. '화분을 아무나 키우는 게 아니네.'라는 생각이 들었고 '나는 식물 키우는 재주가 없구나.'라는 단정도 지었다.

몇 년 전 남편이 한 번 더 승진했다. 또 전화벨이 쉴 새 없이 울렸고 그때처럼 화분들이 배달되었다. 하지만 상황이 완전히 달랐다. 화분의 이름부터 이미 알고 있는 것이 많았고, 모르는 것은 궁금해서 찾아봤다. 그전엔 궁금해하지도, 찾아보지도 않았다. 천일향, 녹보수, 호접란, 서양란, 동양란, 해피트리 등이었는데, 어떻게 되었냐고? 너무 잘 자랐다. 키도 많이 자랐고 잎도 무성해졌다. 화분이 비좁을 정도로 자라난 식물은 두세 개의 화분으로 나누어 심었다. 그 바람에 화분 개수가 훨씬 많이 늘어났다. 남편이 화분 때문에 집 무너져 내리겠다고 너스레를 떨기도 했다.

그렇게 다른 상황이 된 까닭은 아이들 독립으로 시간적 여유가 생겼기 때문이다. 게다가 나의 사회생활도 모서리가 많이 닳아 동글동글해졌다. 마음의 여유까지 생겨났다. 그래서 그런지 아침에 눈을 뜨면 전엔 보이지 않던 것이 보이기 시작했다. 녹보수에 꽃이 피는 것, 녹보수에 벌레가 생기기 시작한 것, 녹보수 잎끝이 타들어 가는 것들 말이다. 꽃이 피었을 땐 예뻐서 자꾸 들여다보았고 벌레가 생겼을 땐 벌레를 없애기 위해 안간힘을 썼다. 잎끝이 타들어 갈 땐 물도 듬뿍 주었고 분갈이도 해주었다. 마음으로 대화도 했다. 그랬더니 꽃도 더 많이 피우고 잎에 윤기까지 나는 게 아닌가? 아이를 키우는 것과 동물을 키우는 것, 식물을 키우는 것. 모두 공통점이 많다. 관심 가져 주고 보듬어 줘야 잘 자란다. 하지만 많아도 너무 많은걸.

유명한 강사의 강의를 영상으로 시청한 적이 있다. 그 강사는 자기 아들에게 "어디 가든 기죽지 말라."라고 하면서 "막상 가 보면 새벽에 일찍 일어나는 사람 별로 없다."라고 노력을 강조했다. 그런데 "열심히 사는 삶보다 그냥그냥 사는 것도 좋아요.", "좀 허술하게 살아도 괜찮아요." 이런 댓글이 달려 있었다. 웃음이 나왔다. 나도 한편으론 그렇게 생각했기 때문이다. 이제껏 열심히 살아온 사람의 댓글이라면 유연하고 유머러스한 사람이라 생각했다. 그렇지 않은 사람이 단 댓글이라면 조금 형편없는 사람이라 생각했다. 물론 강사의 말은 매우 맞는 말이고 댓글도 마찬가지로 옳은 말이다. 다만 열심히 노력한 자는 이제 좀 쉬고, 쉬기만 한 자는 더 늦기 전에 노력하며 살아야 삶의 균형이 맞춰질 것이다. 사는 내내 열심히만 산다면 숨이 막힐 것이고, 사는 내내 그럭저럭 대충 산다면 너무 답답한 미련퉁이 같을 것이다.

얼마 전까지 나는 바쁘게 살아왔다. 그래서 지금 이 여유로움이 참 좋다.

오롯이 나만을 위한 시간과 내가 하는 일에만 집중해도 되는 지금이 좋다. 내가 지금이 좋은 이유는 하나 더 있다. 바로 속도 때문이다. 과거에는 속도를 맞춰 가며 살아가야 했다. 사회생활이 그랬고 내 마음이 그랬다. 아이들 키우면서도 때가 있어 그걸 맞추려고 아등바등하기도 했다. 지금은 내가 달리고 싶으면 달리고 천천히 가고 싶으면 천천히 간다. 또 쉬고 싶으면 쉬어도 되는 이 자유로움이 정말 좋다. 이것저것 다 해 봐서 이제는 해도 되고, 안 해도 되는 느슨함이 좋다. 거저 얻은 것은 아니다. 내가 축적한 땀과 노력의 결실이다. 이십 대나 삼십 대라면 누리기 힘든 게 아닐까?

겉으로 드러나는 물리적인 균형이 아니라 내가 나를 컨트롤하고 있다면 그것이 진정한 내 삶의 균형이라고 생각한다. 그렇다면 내가 하고 싶을 때 하고, 못하더라도 내 마음의 치우침이 없을 것이다. 어떤 것에 실컷 집중했다가 다른 것에 집중하는 것, 깨닫고 다시 이쪽으로 왔다가 저쪽으로 갔다가 수없이 흔들리며 마침내 균형을 찾게 될 것이다. 남들이 정하는 규칙과 질서가 아니라 내 안의 규칙과 질서를. 『노인과 바다』를 처음 읽었을 땐 크게 와닿지 않았지만, 시간이 지나고 다시 읽었을 땐 참 뭉클했다. 꿈이 없어 허송세월 보내기도 했지만 꿈이 생기고는 열심히 살았다. 또 식물을 죽이기도, 너무 많이 번식시키기도 했다. 바쁘게도 여유롭게도 살아가는 것, 이 모든 게 균형이 아닐까? 하루하루, 한 해 한 해 균형을 맞추며 살기도 하지만 살다 보면 균형이 맞춰지기도 한다. 나침반의 바늘처럼 흔들흔들하다가 마침내 방향을 찾는다. 그것은 우리 마음속 깊은 곳에서 힘들면 쉬라고 게으르면 열심히 살라고 아우성을 쳐 주기 때문이다. 나를 잘 들여다보고, 마음속 아우성을 잘 듣다 보면 균형이 맞춰진다. 굳이 균형을 맞추려고 애쓰지 않아도 말이다.

'갱년기'라고 불리는 나이가 되니 저절로 지나온 삶을 되돌아보게 된다. '나'로 태어나서 참 수고했다고 쓰다듬어 주고 싶다. '진짜 어른답게 잘 살자.'라는 마음과 한편으로는 '까짓것, 하고 싶은 것 실컷 하고 살지 뭐.'라는 마음도 든다. 앞으로 나아갈 길도 생각하게 된다. 모순적으로 들리겠지만 노인처럼 '늘 준비하는 삶', '묵묵히 자기 갈 길을 가는 삶'도 좋고 요즘 사람들처럼 '여유롭게 사는 삶', '나답게 사는 삶'도 좋다. 모두 포장만 다를 뿐이다. 그래서 나는 생각한다. 길다면 길고 짧다면 짧은 남은 나의 인생, 마음 가는 대로 살자고. 이제는 그래도 된다고 나에게 말해본다. 그때그때 마음 가는 대로 열심히 살다 보면, 보답이 없더라도 만족감은 있으니 그것으로도 좋을 것이다. 아무것도 안 하면 아무것도 얻을 수 없다. 앞으로 쭉 그렇게 살고 싶다. 마음 가는 대로.

나를 위한 배려가 필요해요

김원영

현대사회에서는 하나의 역할만 가지고 살아가기는 힘들다. 많은 사람이 여러 역할을 맡으며 살고 있다. 아들이자 딸이며, 아버지이자 어머니, 남편이자 부인, 이렇게 동시에 많은 역할을 맡다 보면 부담을 느끼고 한계점에 부딪히는 순간이 오기 마련이다. 그 이유는 각 역할에 맞는 기대와 책임이 따르기 때문이다. 자신에게 주어진 많은 역할을 모두 완벽하게 하려다 자칫하면 자신의 정체성을 잃거나 지칠 수 있다. 여러 역할을 동시에 감당하다 보면 심리적, 신체적으로 쉽게 지친다. 한쪽에만 충실하다 보면 다른 부분에서 느끼는 죄책감이나 압박감이 우리를 힘들게 할 수 있다.

저녁 준비를 하면서 무엇을 먹을까 고민을 한다.

"얘들아, 저녁에 뭐 먹고 싶어?"

어느 순간부터 메뉴를 결정할 때 내가 먹고 싶은 것보다 아이들과 남편에게 먼저 묻는다. 그래서인지 내가 좋아하는 메뉴가 무엇인지, 가고 싶은 곳은 어디인지, 진정으로 내가 원하는 것이 무엇인지 점점 생각하지 않는다. 학창 시절에는 먹고 싶은 게 참 많았는데, 그 많던 메뉴들은 다 어디 갔는지 나이가 들면서 나의 취향도 사라진 것 같다.

어느 날 아이가 "엄마는 청바지를 제일 좋아하지?"라며 내 취향을 다 알고 있다는 듯 웃으며 물었다. '내가 청바지를 좋아했던가?' 잠시 생각에 잠겼다가 아이에게 다시 물었다.

"왜 엄마가 청바지를 좋아한다고 생각했어?"
"엄마는 항상 청바지를 많이 입잖아. 난 제일 좋아하는 옷을 많이 입거든."

갑자기 많은 생각이 들었다. 그러고 보니 아이들과 다닐 때는 좋아서라기보다는 편하다는 이유로 나의 패션은 늘 청바지와 운동화였다. 아이들의 눈에 엄마는 청바지를 가장 좋아하는 사람인 것이었다. 결혼 전에는 짧은 치마에 높은 구두를 신고 작은 가방을 들고 다녔다. 그때는 약간의 불편함을 감수하면서도 예뻐 보이는 것을 선택했었다. 어느 순간부터 나는 편안함만을 추구하며 나 자신을 돌보지 않고 있었다. 결혼 전에 입던 옷들은 모두 허벅지조차 들어가지 않고, 입을 수 있을 거라 생각했던 재킷도 팔뚝이 꽉 껴서 결국 미련 없이 헌 옷 수거함에 모두 넣어버렸다. 거울 속 내 모습은 어린 시절 TV에서 보던 우스꽝스러운 아줌마 그 자체였다. 내가 이렇게까지 나를 방치했었나 싶었다.

나는 아이들을 하나하나 다 직접 챙겨야만 마음이 편안했던 엄마였다. 내 눈으로 확인하고 어떤 상태인지 알아야지 불안함이 없어졌다. 그러다 보니 나의 할 일은 점점 늘어가고 밖에서 벌여 놓은 일들이 많아지며 번아웃이 찾아왔다. 무기력하고 부정적인 감정들이 내 일상에 깊이 자리 잡으면서 아이들과 남편에게 자주 짜증을 내고, 사소한 일로 부딪히는 일이 많아졌다. 처음에는 그들이 문제라고 생각했고, 내가 더 많은 것을 해야 한다고 느꼈다. 하지만 시간이 지날수록 내가 먼저 내려놓지 않으면 아무것도 해결되지 않으리라는 깨달음이 찾아왔다.

모든 것이 나의 욕심으로 인한 것이라 깨닫고 조금씩 내 마음을 내려놓기로 했다. 그리고 완벽하게 하려는 부담을 덜고, 내 감정에 솔직해지면서 자신을 돌보는 시간을 가졌다. 먼저 아이들이 해야 할 일을 스스로 하도록 믿어주고 기다려주었다. 그랬더니 도리어 아이들과 부딪히는 횟수가 줄어들었고 나도 아이들을 대하는 것이 편해지기 시작했다.

내가 하지 못하는 것을 다른 이가 대신해 주길 바라는 마음을 버리니 내 마음도 편해졌다. 그리고 늦게 자던 습관을 버리고 아이들과 이야기하며 일찍 잠이 들고 대신 새벽에 일찍 일어나 나만의 시간을 가졌다. 남은 일을 하기 위해 아이들에게 빨리 자라고 재촉했었는데 함께 잠드는 것을 선택하니 저녁 시간이 좀 더 여유로워지고 아이들을 향한 큰소리가 줄게 되었다. 대신 아침 일찍 일어나서 나만의 일을 하나씩 하기 시작했다. 아직은 몸과 정신은 완벽하게 적응하지 못해서 일어나는 게 힘들다. 하지만 많은 일을 하지 않아도 새벽에 혼자 해 뜨는 것을 보는 기분은 정말 뿌듯하다.

나는 나만의 시간을 가질 수 있는 고요한 새벽을 좋아한다. 새벽은 세상의 모든 소음이 잠잠해지고, 온전히 나만의 시간이 펼쳐지는 순간이다. 그 고요 속에서 느끼는 자유는 어느 때보다 특별하다. 낮 동안은 사람들과의 대화, 일과 책임 속에서 끊임없이 움직이지만, 새벽은 그 모든 것에서 벗어나 자신에게만 집중할 수 있는 유일한 시간이다. 혼자 있는 고요한 새벽의 시간은 마치 멈춰버린 시간 속을 걷는 것과도 같다. 사람들의 발소리도, 차들의 소리도, 엄마를 애타게 찾는 목소리도 들리지 않는 그 순간에 나는 나 자신과 마주하게 된다. 그동안 바쁘게 살아가며 놓쳤던 작은 생각들을 다시 떠올리게 된다.

오늘부터 하루에 하나, 나를 먼저 배려하려 한다. 아침 시간을 나만을 위한 시간으로 만들기로 했다. 그동안 아침은 늘 바쁘고 정신없는 시간이었다. 아이들을 챙기고, 출근 준비를 하느라 나 자신에게 신경 쓸 틈이 없었다. 하지만 이제는 일찍 일어나 조용히 나만의 시간을 갖기로 했다. 따뜻한 차 한 잔을 마시며 하루를 차분하게 시작하는 그 시간이 얼마나 소중한지 모른다. 이 작은 선택 하나가 나의 하루를 더 여유롭게 만들었다.

또 하나의 나를 위한 배려는 내 몸에 귀를 기울이는 것이다. 과거에는 스트레스나 피로를 느껴도 무작정 버티기만 했다. 그러나 이제는 내 몸이 보내는 신호를 무시하지 않기로 했다. 피곤하면 잠을 더 자고, 운동이 필요하면 가벼운 산책을 한다. 과거에는 '시간이 없으니 참아야지.'라고 생각했지만, 지금은 내 몸이 필요로 하는 것을 먼저 채워주려고 노력한다. 그래서 스트레스를 느낄 때마다 짧은 스트레칭이나 깊은 호흡을 해본다. 이 작은 노력만으로도 내 신체와 마음의 균형을 유지하는 데 큰 도움이 된다.

나를 위한 가장 중요한 배려는 나 자신을 먼저 존중하는 것이다. 나는 종종 타인의 기대나 시선에 나를 맞추려 했다. 그러나 이제는 나 자신을 더 존중하는 방향으로 생각하려고 한다. 남들이 뭐라 하든 내가 행복하고 만족할 수 있는 선택을 하는 것이다. 남들이 선호하는 활동이 아닌 내가 진짜 좋아하는 일에 시간을 투자하고 나만의 여유를 찾는 것이 얼마나 중요한지 깨달았다.

이 모든 작은 변화들이 나를 위한 배려이자 자신을 사랑하는 방법이다. 거창하지 않아도 괜찮다. 그저 나를 더 존중하고, 내가 원하는 것을 조금씩 실현해 나가는 과정에서 나는 더 나은 자신이 되어가고 있음을 느낀다. 바로 지금 타인을 위한 배려가 아닌 나를 위한 배려가 필요하다. 여러분도 이제는 자신에게 조금 더 집중하고, 돌보는 시간을 가져보면 어떨까요?

비운의 화가로 알려진 '프리다 칼로.' 많은 사람이 그녀를 불행한 여인이라 일컫지만 정작 그녀가 죽기 전 남긴 마지막 작품은 〈VIVA LA VIDA : 인생이여 만세!〉이다. 18살에 교통사고를 당해 하반신이 마비되었고, 30차례가 넘는 크고 작은 수술을 받았으며, 세 차례의 유산, 사랑하는 이의 바람을 목격하면서도 삶의 끈을 놓지 않았던 화가에게 마음이 가는 건 동정일까? 정신적인 고통이 찾아올 때마다 그녀는 회피하지 않고 자신의 감정을 그림으로 기록했다. 그래서 나는 그녀의 작품들을 좋아한다. 담담하게 그린 '자화상'에서 감히 상상할 수 없는 무수한 감정들이 묻어난다. 그녀의 일생과 작품들을 보며 '그럼에도 불구하고'라는 말이 잘 어울리는 사람이란 생각이 들었다. 사실 그녀는 누구보다 강인하며, 자신의 삶을 사랑했고 자신이 좋아하는 일을 죽기 전까지 놓지 않았던 사람이다. 그녀가 원했던 삶은 누구보다 평범한 삶이었을 테지만, 평범한 삶이 아니었기에 수많은 명작이 탄생했으리라. 힘든 순간들이 밀물처럼 밀려들어 올 때 그녀가 버틸 수 있었던 마지막 지푸라기는 그림이었다.

잔잔한 파도만 치는 삶은 없다. 살아가며 때때로 밀려드는 파도에 휩쓸려가지 않으려면 나를 잘 아는 것이 중요하다. 그렇지 않으면 작은 바람에도, 변화에도 흔들리기 쉽다. 균형을 맞추기 위해서는 튼튼한 닻을 내려놓아야 그 자리에 버틸 수 있다. 결국, 쉽게 떠내려가지 않으려면 좋아하는 것을 놓지 않고 붙잡고 있어야 한다는 말이다. 쉽게 흔들리지 않기 위해 나는 다 잘하려고 애쓰지 않기로 했다. 다 잘하려는 것은 결국 내 욕심이다. 모든 걸 잘하려고 욕심내기보다 내가 잘하는 것에 집중하고, 좋아하는 것을 놓지 않는 게 더 중요하다는 걸 알았다. 정보가 넘쳐나다 보니 정작 내가 필요한 것, 내가 좋아하는 것을 모를 때가 있다. 다른 사람이 하니까 나도 해야 할 것 같고, 뒤처지지 않기 위해 따라간다. 내가 못하는 것을 잘하기 위해 노력하면 나도 그들처럼 다 해낼 수 있을 거라고 믿었다. 그래서 무작정 도전했다. 그런데 나의 부족함을 남들의 기준에 맞춰 잘하려고 애쓰다 보니 쉽게 지칠 수밖에 없었다. 그런 도전들이 의미가 없었던 건 아니지만 나에겐 맞지 않은 옷을 입은 것처럼 불편했고, 과정과 결과 모두 즐겁지 않은 기억으로 남았다.

나는 형식적인 대화를 즐기지 않는다. 그래서인지 다른 사람들과의 전화 통화가 어렵다. 결혼 후 처음 시가에 안부 전화를 해야 한다는 부담감으로 전화를 했다. 전화하는 날을 미리 정해두고 오늘은 또 어떤 말로 대화를 이어나가야 할지 고민하는 시간이 힘겨웠다. 대본 외우듯 미리 시나리오를 짜놓았다. 항상 부모님께 자주 전화 드리며 살갑게 이야기하는 형님과 비교되는 것 같아 더 힘겨웠다. 일하는 과정에서도 살갑지 못한 내 행동을 자책하는 날들이 생기며 마음이 무거웠다. 상대를 배려하는 것도 중요했지만, 스트레스를 받아가며 하는 행동들은 나를 더 힘들게 했다. 남들이 하니까, 억지로 못하는 걸 자꾸 도전하는 것은 결국에는 내 마음을 지치게 하는 일이다. 그래서 잘할 수 있는 것에 조금 더 시간을 들였다. 좋아하는 일과 힘든 일의 비율을 조금씩 조절하며 맞추었더니 하기 싫은 일도 조금은 재미있게 느껴졌다.

물론 좋아하는 것만 하고 살 수 없으니 하기 싫은 일도 해야 한다. 하지만 우선순위들을 정해 내가 좋아하고 중요하게 생각하는 것들에 더 무게 중심을 두면 좋겠다. 내가 무엇을 좋아하고 싫어하는지, 잘하고 못하는 게 무엇인지를 인지하고 있는 게 중요하기 때문이다. 먼저 나를 버티게 하고, 내가 좋아하는 것이 무엇인지 떠올려 보자. 불어오는 바람에 쉽게 흔들리지 않기 위해서는 '자기 이해 지능'을 높이면 된다. '자기 이해 지능'은 자신이 누구이며, 자신이 좋아하는 것과 현재의 감정, 왜 그렇게 행동하는지를 스스로 아는 것을 말한다. 즉 자기 자신을 얼마나 잘 알고 있는지와 관련된 지능이다. 자기 이해지능이 낮으면 '나는 왜 이것밖에 못 할까, 노력했는데 왜 안 될까.' 이런 부정적인 생각을 하게 돼 삶에 대한 만족도 또한 높지 않다. 반면 자기 이해 지능이 높으면 자신의 내면을 잘 들여다보고 객관적으로 바라볼 수 있다. 자신의 삶에 만족하며 사는 사람은 많지 않다. 나도 모르게 주변의 시선을 의식하고, 남과 비교하며 자신에게 더 엄격해진다. 그럴 때 먼저 지금의 나를 들여다보자. 그리고 중요하게 생각하는 가치관을 잊지 말고 배턴으로 들고 달리면 좋겠다. 각자 타고난 기질, 환경이 다르니 삶의 기준이 다르다. 기준이 다르니 속도도 모두 다를 뿐이다. 억지로 상대의 방향과 속도를 따라가면 쉽게 지쳐 포기할 수밖에 없다. 그러니 각자가 선택한 길의 방식에 맞게 속도를 조절해 가면 된다. 다른 사람의 길과 비교하며 내가 가지지 못한 것들을 부러워하기보다는 내가 바꿀 수 있는 것에만 집중해보자. 나를 자주 들여다보며, 가고 있는 길의 방향을 스스로 수정해 목적지를 향해 나아가는 것이 중요하다. 그 여정을 지치지 않고 오래가기 위해서는 샛길도 만들어 놔야 한다. 지치는 순간에도 중간중간 샛길을 만나면 그 길이 조금은 덜 힘들게 느껴지는 것처럼 쉬어갈 수 있는 나만의 샛길을 만들어 두면 어떨까. 길을 잃지 않도록 나침반을 찾는 여정에 '나'가 가장 중심이 되길 바란다.

모든 사람 마음속에는 저마다의 꽃씨가 있다. 내가 가진 씨앗이 추운 겨울을 지나 따스한 봄에 싹을 틔우는 꽃일 수도, 차디찬 겨울을 버티며 피는 꽃일 수도 있다. 지금의 계절을 지나고 나면 각자의 계절에 자신을 닮은 꽃이 필 것이다. 그러니 가끔 나를 들여다보며 물도 주고, 사랑도 줘야 한다. 우리의 계절에 각자의 향기를 가득 머금은 꽃이 활짝 피기를 바란다. 인생은 살아볼 만하니까, 나를 닮은 꽃의 향기가 나를 더 위로하고 원동력을 줄 것이다. 나 자신을 스스로 위로할 수 있을 때 비로소 진심으로 남을 위로할 수 있다. 만약 외롭게 느껴진다면 자신에게 사랑을 덜 주고 있기 때문이다. 남에게 받는 사랑보다 오늘은 내가 나를 더 사랑하는 날이 되었으면 한다. 그 사랑 방법은 비교적 간단하다. 내가 좋아하는 것을 꽉 잡고 놓지 않으면 된다.

동트기 전 새벽은 가장 깜깜하고 어둡다. 긴 터널을 지나 맞이하는 아침이 화창하지 않을 수도 있다, 그러면 어떤가. 날씨는 심술궂어 시시각각 변하니까 밝은 아침이 온 자체로 의미가 있다. 내 마음에 씨앗 하나 심고 가다 보면 비 오는 날 우산이 되고, 추운 날 바람막이가 되어 줄 것이다. 우리 인생은 모두 그렇게 살아갈 가치가 있다. **다 잘하려고 애쓰기보다 내가 좋아하는 것을 놓지 않길 바란다.** 지금 어떤 상황에 놓여 있든 우리 인생은 모두 꽃처럼 아름답다. 그러니 우리 모두의 인생이여, 그럼에도 불구하고, 만세.

일상에서 찾는 아주 사소한 균형

김혜진

포기보다 나쁜 것은 해보지 않고 망설이는 것이다. 잘하지 못해도 하고 싶으면 하는 것이 맞다. 살면서 어떤 일을 하면서 기쁘고 행복했다면 그것이 꿈의 단서가 될 수 있다.

- 『서른 살엔 미처 몰랐던 것들』

애쓰지 않으면 삶은 멈춘다. 마흔에도 당당히 쓰지 않으면 나이 들수록 더 어려워진다. 나를 위해 돈과 시간을 쓰는 연습을 해야 한다.

- 『김미경의 마흔 수업』

선생님으로 경험을 쌓으면서 시간이 흘러도 즐거움을 잃지 않고 내가 잘해낼 수 있는 일이라는 확신이 생겼을 무렵이다. 함께 30대를 맞이하는 친구와 읽었던 책, 그리고 40대를 시작하며 읽게 된 이 두 권의 책은 완벽하게 잘 해내고 싶어서 시작조차 못 하고 계속 미루고만 있는 '게으른 완벽주의'인 나에게 큰 울림을 주었다. 생활비 달라는 말도 겨우 하던 나는 이제

망설이지 않고 용기를 가져보기로 했다. 당당히 나를 위해 돈과 시간을 써 보자. 남편에게 밀린 월급이라고 생각하고 나에게 투자해 보라고 했다. 그렇게 나는 기쁘고 행복했던 경험으로 꿈을 찾아 당당하게 한 발 더 내디뎠다. 나의 일터, 나만의 공간을 마련했다.

출근길에는 항상 마음이 무겁다. 나를 믿고 이 공간에 오는 학생들에 대한 책임감 때문이다. 하지만 예전과 달라진 것이 있다면 **나의 하루를 누군가에게 보여주기 위한 마음으로 살아내지 않는 것**. 가장 정신없고 흔들리는 시기였던 30대를 지나 보내며 깨달은 것이다. 오늘 나를 만나는 아이들과의 매 순간에 마음을 다하면 누가 인정해 주지 않아도 가벼운 마음으로 퇴근할 수 있다.

금요일 저녁 6시 30분! 각자의 시간 속에서 열심히 살다가 남편과 내가 만나는 시간이다. 남편은 기차로 나는 지하철로 서로를 향해 속도를 낸다. 일주일의 고단함을 술 한잔에 털어내는 사람들, 저마다의 이야기꽃을 피우는 사람들 사이에서 오롯이 서로에게 집중하는 시간. 남편과 맥주 한 잔을 나누며 이야기하는 금요일이 참 좋다. 밖에서 만나 아이들 없이 시간을 보내서일까. 이 시간에는 나와 그, 둘만의 이야기를 나누게 되어 더욱 특별하다.

"아빠, 엄마 우리를 주말마다 즐거운 곳으로 데려다주어 감사해요."

어느 날, 첫째 아이가 쓴 편지의 내용이다. 건축가인 남편은 견고하게 잘 지어진 건물들을 감상하고 그 공간을 즐기는 것을 좋아한다. 아무것도 없는 바닥에 우리만의 공간을 만들어 캠핑하는 것도 좋아한다. 지역마다 유명하고 특색 있는 리조트에 캠핑장은 다 가보고 있으니, 가족들은 매주 즐거운 공간에서의 시간들이 행복할 수밖에.

나는 사랑에 빠지는 것을 좋아한다. 매일 매일 심장이 뛰고 두근거렸으면 좋겠다. 예전부터 〈하트시그널〉, 〈환승연애〉와 같은 프로그램을 좋아했다. 일반인들이 방송에 나와 사랑을 찾는 프로그램이다. 내가 직접 사랑에 빠질 수는 없지만, 출연자의 행동과 감정을 함께 느끼고 상상하며, 내가 그 사람이 되어 본다. 선택하는 순간의 이유와 심리 변화를 지켜보는 것, 갈등이 생겼을 때 저마다의 방식으로 풀어가는 대화의 방식들이 무척이나 흥미롭다. 〈프로듀스 101〉, 〈미스터트롯〉 등의 오디션부터 최근에는 〈신인가수 조정석〉이라는 프로그램까지도 열심히 챙겨보았다. 사랑하는 일과 목표를 향해 달려가는 진정성 있는 과정들이 무척이나 매력적이다. 소위 '덕질'이라 불리는 덕후의 삶에도 참 최선을 다하고 있다. 어느 대학교 축제에서 처음 보았던 그는 떼창을 하고 응원해 주는 팬들을 향해 땀을 뻘뻘 흘리며 연신 허리를 숙인다. 무대가 끝나고도 함께해 주는 팬들을 만나 감사 인사를 잊지 않는 따뜻한 마음이 궁금했고 그렇게 좋아하는 가수를 응원하기 위해 여러 지역의 공연장과 행사장을 돌아다니는 일로 에너지를 채우기도 했다.

어려서부터 근면 성실을 강요받으며 자라온 우리는 일과 삶의 균형 '워라밸'이 중요한 것은 알지만 마음이 주는 신호를 무시하고 앞으로 나아가기에만 집중할 때가 많다. 부모님도, 친구들도 다 그렇게 살고 있으니, 시간이 지나면 괜찮아질 것으로 생각한다. 인생을 살다 보면 마음이 무너지는 순간이 여러 번 찾아올 것이다. 그때마다 감당하지 못하고 있으면서도 너무 많은 양의 책임을 지고 가려고만 하면 안 된다. 가까이 있는 사람에게 기대어도 된다. 멈추어 쉬었다 가도 된다. 보여지는 나의 모습과 역할에 책임을 다하는 만큼 오롯이 나, 내 마음의 소리에도 귀 기울여야 한다. 나다움을 잃지 않고 행복한 삶을 살 수 있는 적절한 균형을 찾아보는 것이 좋다.

『타이탄의 도구들』이라는 책에서 저자는 "엄청난 것을 만들려면 아주 작게 시작하라"고 이야기한다. 가장 작은 것은 달성하기가 쉽기 때문이다. 이불 개기처럼 사소한 일도 며칠, 몇 년을 반복해서 하게 되면 사소하지 않은 일이 된다. 작지만 뭔가를 해냈다는 성취감이 반복되면 또 다른 일을 해내야겠다는 용기로 발전하기도 한다. 내가 생각하는 균형 있는 삶도 아주 사소하다. 일과 꿈을 좇으며, 사랑에 빠져 살아가는 '아주 보통의 평범한 하루'가 매일 반복되고 쌓이는 삶이다. 거창하고 특별하게 살아갈 필요는 없다. '나의 일을 잘 해내는 것, 사랑하는 사람과 둘만의 시간을 보내는 것, 가족 모두가 행복한 추억을 공유하는 것, 나 혼자만의 여유시간을 갖는 것…' 일상의 작은 성취감이 모여 일정량의 행복이 마음에 채워지면 좋겠다.

나를 발견하는 열쇠, 긍정 상자를 열어요

나혜영

대학교 시절, 장자의 글이 흥미로웠다. 특히 '대붕 이야기'가 그랬다. 북쪽 바다에 살고 있는 거대한 물고기 '곤'이 바람을 만나 거대한 새 '붕'이 되는 이야기이다. 메추라기는 대붕이 나는 것을 보며 비웃는다. 자신은 스스로 자유롭게 날개를 퍼덕거리지만 붕은 바람에 의지해야만 날 수 있다는 것이다. 장자는 묻는다. 자신의 세계에 갇혀 성찰하지 않는 삶을 사는 메추라기가 될 것인지, 바람이라는 낯선 타자를 만나 모든 것을 조망할 수 있는 삶을 사는 대붕이 될 것인지. 어떤 삶이 더 자유롭다고 말할 수 있을까? 누군가의 비웃음을 사는 아픈 날갯짓이라도 괜찮을까? 도대체 난 어떤 삶을 살 것인가?

나는 나비다. 학생들은 16년이 넘도록 나를 나비 선생님이라고 부르고 있다. 비록 바쁜 나날 속에서 메추라기의 삶에서 벗어나지 못할 때도 있다.

하지만 바람을 마주한 붕처럼 수많은 학생과의 만남을 통해 내 안의 다른 존재를 깨우는 삶을 꿈꾼다. 그래서 난 새로운 학생을 만날 때면 내 별명에 담긴 이야기를 전한다.

"나비는 네 번의 다른 삶을 살지. 무엇이든 많이 먹고 쑥쑥 자라는 애벌레, 자신의 변화에 몰입하는 번데기, 그렇게 어른벌레를 거쳐 드넓은 상공을 날 수 있는 나비가 된단다. 힘겹지만 그 기적과도 같은 성장을 함께하자는 뜻이야."

사실 나비는 인간보다 더 많은 색을 보고, 기압을 감지하며 자기장도 느낀다. 인간이 느낄 수 없는 것을 볼 수 있는 힘을 가지고 있다. 두 아이를 키우고 학생들과 오랫동안 함께하다 보니 아이들만의 천차만별의 결을 본다. 하나같이 다른 아우라를 뿜내며 자신만의 날개를 갖는다. 어떤 학생은 선생님과 이야기를 나눌 때 신중한 철학가가 된다. 어떤 학생은 언어의 마술사가 된다. 학생 안의 무수한 존재들을 매 순간 만난다. 학생들과 만나는 일은 많은 에너지를 쏟는 일이다. 거대한 몸을 가진 붕이 온 신경을 곤두세우고 바람을 만난 것처럼, 저 구만리 상공으로 비상하기 위해 끊임없이 시도했던 것처럼.

하지만 유유히 상공을 함께 날 때 붕과 바람은 한 몸이 된다. 모든 사람은 이어져 있다. 나는 학생들과 독후활동을 할 때 내 초등학교 일기장을 자주 꺼낸다. 3학년부터 6학년 시절까지 쓴 12권의 일기장. '새 모습 생활 일기'라고 적힌 빛바랜 표지의 일기장을 펼치면 또 다른 나를 만난다. 30년이 지나 누렇게 변한 종이지만 그때의 향기는 변함없이 짙다. 시시콜콜한 일상, 친구 이야기부터 그 순간에 느낀 사색의 흔적까지. 내 일기장을 보며 한바탕 웃고 이야기 나누다 보면 서로의 삶이 이어져 있음을 느낀다. 친구 사이에 오해가 생겨 홀로 있는 시간이 힘들다는 학생도 '나'이다. 부모의 기대가 버겁다는 학생도 '나'이다. 교사의 말 한마디에 힘을 얻고 상처를 받는 학생도 '나'이다. 그렇다. 모든 사연은 이어져 있다. 책을 읽으며 썼던 나의 에세이 공책도 학생과 나의 삶을 이어주는 창구이다. 20년이 넘도록 휠체어에 의지한 채로 살아가는 아빠에게 젊음의 밥상 한 차림을 차린 나의 글을 읽고 학생들이 말문을 열기 시작한다. 북한산에서 커피 한 모금을 머금으며 행복해했던 엄마의 미소, 피곤이 스르륵 녹아버리는 엄마표 계란찜을 먹을 때의 기분, 베트남에서 먹은 쌀국수를 이어 세상의 맛을 탐험하는 상상을 하나, 둘 꺼내기 시작한다.

사실 가만히 머무는 것처럼 보이지만 번데기는 요동치고 있다. 애벌레 시절의 기억을 고스란히 안고 다른 존재가 되기 위해 뜨겁게 움직이고 있다. 이 과정이 있기에 지금의 내가 있는 것이다. 아이, 학생과 함께 나눈 쪽지, 나의 글은 번데기의 양분이다. 그 쪽지에 담긴 마음을 안고 바람을 만날 준비를 한다. 당당하게 머리를 높이 쳐들고 향기로운 날갯짓을 할 그 순간을 상상한다. 앞으로 나아갈 시간이다.

"하루에도 수십 번씩 사랑한다는 말을 전하는 딸아, 너의 모습을 배울게."

"가끔 ○○이 머릿속으로 들어가 보고 싶을 때가 있단다. 지나치기 쉬운 일도 고요히 바라보는 힘을 가진 ○○이."

"책상 위 낙서를 지우고 싶은 지우개의 꿈 이야기. 어지러운 선생님의 마음을 깨끗하게 치우고 다시 시작해 볼게."

선생님의 칭찬 한마디에 온 힘을 다해 책을 읽는 학생도 '나'이다. 진심 어린 사랑의 말을 전하는 딸도 '나'이다. 내 일상을 고요히 성찰하는 학생도 '나'이다. 나 역시 하루하루 위대한 힘을 발휘하고 있다. 누군가의 비웃음을 사는 아픈 날갯짓이라도 향기롭다. 그렇다. 나는 일상 속 더 가치 있는 것을 보는 창이 있다. 찬란하게 빛나는 학생들의 아우라, 돈으로 환산할 수 없는 쪽지에 담긴 사연을 볼 수 있다. 누군가의 기대에 부응하는 삶이 아닌 나를 돌아보며 성장하는 삶을 꿈꾼다. 더딘 나지만 일을 해치워 버리는 것이 아닌 내가 변화하는 순간에 몰입한다.

그래서 난 '번아웃'을 겪은 적이 없다. 단 1%일지라도 소모되는 에너지보다 날마다 채워가는 에너지가 더 많다. 모든 에너지가 소진되기 전에 이미 일상 속 보물을 만난다. 먼 훗날이 아닌 그 순간을 기록한다. 그 보물은 서로의 성장을 격려하고 나눴던 순간들이다. 역경에 굴하지 않는 힘은 나와 나를 둘러싼 사람과의 호흡 속에서 꽃핀다. 때론 거울 앞에 내가 초라해 보일 때도 있다. 나에게 주어진 역할을 제대로 해내지 못할 때도 있다. 그때는 그 모습 그대로 인정하면서 내가 가진 힘을 믿고 다시 일어서면 된다. 내가 할 수 있는 것들에 집중하면 되는 것이다.

내가 중심이 되는 균형 있는 삶은 내 존재의 의미를 긍정하고, 더 나은 내가 되기 위해 책임을 다하는 것이다. 이제 자신에게 질문을 던져야 할 시간이다. 나 자신을 온전히 바라보고 있는가? 나는 어떤 삶을 살고 싶은가? 내 일의 가치는 무엇인가? 누군가의 잣대에 휘둘리고 있지 않은가? 앞만 보며 달리고 있지 않은가? 나의 세계에 갇혀 살고 있지 않은가? 내가 오늘 발휘한 힘을 긍정하고 있는가? 나는 정말 내 마음의 거울을 잘 들여다보고 있는가? 정답은 없다. 휘청거려도 괜찮다. 완벽하지 않은 건 당연하다. 원래 삶은 깨달음의 연속이니. 다만 기적이 일어나는 작은 종잇조각인 '쪽지', 자신만의 사연 상자는 모두 가지고 있다. 바쁘고 고된 일상의 반복 속에서 그 가치를 잊고 사는 것일 뿐이다. 당신의 힘을 긍정하라. 내적 성장의 힘을 발견하라. 나를 일으키는 상자의 열쇠는 이미 당신에게 있으니.

빼기와 내려놓기의 미학

백경원

삶이 일장춘몽으로 끝나길 바라는 사람은 없다. 아무리 덧없는 인생이라 할지라도 우리는 한 가닥의 희망을 품으며 하루하루를 살아간다. 그 한 가닥의 희망이 자라 숲을 이루면, 우리의 삶은 분명히 행복으로 가득 찰 것이다. 따라서 우리는 성급하게 무엇이든 판단해서는 안 된다. 지금은 비록 초라하고 의미 없어 보일지라도, 그 끝은 누구도 예측할 수 없다. 물론 좌절과 실패를 맛볼 수도 있겠지만 그것으로 향하는 과정들은 결코 헛된 순간이 아닐 것이다. 모든 시행착오가 쌓여 행복으로 한 걸음 다가가게 해주는 디딤돌이 되어 줄 것이다. 그러므로 우리는 각자 인생의 연출자가 되어, 삶을 기획하고 그 방향을 이끌어 나가야 한다. 무엇이 나에게 중요한지, 어떤 삶을 추구하고 싶은지 자신에게 의미 있는 삶의 방향을 꾸준히 설정해 주면 좋다. 그러나 하나 명심할 것이 있다. 삶을 기획할 때 모든 목적과 목푯값이 일에만 치우치지 않게 해야 한다. 나와 연관되는 모든 것들, 가족이나 친구, 혹은 취미와 같은 개인적인 부분도 충분히 채워져야만 한다. 새싹이 자라 커다란 숲이 되듯, 나를 위한 작은 변화들이 모여 나의 삶에 큰 영향을 미칠 수 있을 것이다. 내가 어떻게 그 희망을 돌보고 키워나가는지에 따라 나의 삶은 달라질 수 있다는 것을 명심하길 바란다.

내 삶을 채우고 있는 여러 가지 요소들을 떠올려 보았다. 일, 교육, 대인관계, 식단, 운동, 수면, 휴식… 그와 더불어 따라오는 수많은 감정들. 열거된 것 중 허투루 던져버릴 수 있는 것은 아무것도 없다. 그러면 이 모든 것이 나의 삶에 긍정적인 영향을 미칠 수 있게 할 방법은 없을까?

나는 더하기가 아닌 빼기를 선택했다. 욕심껏 많은 것을 채우려 하기보다 오히려 가진 것들 중에서 필요 없는 요소들을 조금씩 빼내며 하루 중 일부를 공백으로 마련해 두었다. 그중 대인관계에 대한 정리를 제일 먼저 실천했다. 지금은 업무상 메신저를 이용하고 있지만 일을 하기 전까지 나는 메신저를 삭제하고 몇 년을 버텼다. 처음 메신저를 삭제할 때는 사실 겁도 났다. 더불어 살아가는 세상 속에 나 혼자 외톨이가 될까 두려웠다. 하지만 쓸데없는 걱정이었다. 시간이 지날수록 나만큼 나를 위해 주는 알짜배기 사람과 그저 그렇게 스쳐 지나가는 사람들이 자연스레 분류되었다. 그 후 불필요한 곳에 감정을 소모하는 일이 줄고 되려 소중한 사람들에게 몰두할 수 있는 시간을 더 확보할 수 있었다. 빼기를 통해 얻은 삶의 가치 중 하나이다.

빼기 다음으로는 내려놓기를 선택했다. 나름 자랑스러웠던 내 둘째 녀석에게 사춘기가 찾아왔다. 나의 온 사랑을 다 받으며 자란 녀석이라 사춘기가 와도 물 흐르듯 순탄하게만 지나갈 거라고 생각했는데 생각보다 타격감이 컸다. 너무 믿어서였을까? 사춘기 녀석의 일상을 알게 되며 '내가 왜 이러고 있나?'라는 생각에 허탈해졌다. 좋은 엄마가 되고 싶었다. 일을 하지만 아이의 눈높이에서 늘 필요한 것을 찾아주려고 했고 아이에게 맞춤 엄마가 되고 싶어 도로 위 카레이서도 마다치 않고 달렸다. 혹여나 이동하는 길에 지체될까 봐 모든 골목길을 미리 탐색하며, 아이의 이동 시간을 단축할 수 있는 최단 경로를 확보했다. 그런데 아무도 나의 노력을 알아주지 않았다. 모든 것들이 당연하게 받아들여졌다. 그뿐인가. 첫째 녀석은 입시와 더불어 까칠함이 찾아왔다. 아이 못지않게 변화하는 입시제도에 신경을 곤두세우며 정보를 수집하지만 바쁜 일로 인해 하나라도 놓치는 날에는 못난 엄마가 되어 아이의 원망을 들어야 했다. 두 녀석의 과도기를 겪으며 엄마라는 이름의 무게에 힘을 조금 빼고 나를 들여다보고 싶어졌다. 아이들에게 거는 기대감이야 누구나 있을 것이다. 아이들에게 모든 힘을 다해 정성을 쏟고 있지만, 내가 잘못하면 그들이 상처받을까 염려되는 마음이 크다. 그럼에도 불구하고 아이의 인생은 결국 아이의 몫이다. 그래서 나는 내려놓기를 선택했다. 그렇다고 아이를 무관심하게 방치하겠다는 뜻은 아니다. 스스로 나아갈 수 있도록 밀어주는 부모가 되기로 결심한 것이다. 이렇게 나는 빼기와 내려놓기로 균형 있는 삶을 찾아가는 중이다.

유엔자문기구인 지속가능발전해법네트워크(SDSN)가 발표한 보고서에 따르면 삶의 질을 평가하는 지표로 삶의 균형과 조화를 넣어 조사한 결과 한국인의 삶의 균형, 조화 순위는 89위라고 한다. 150여 개국 중 하위권에 속하는 초라한 성적이다. 여기서 조사한 균형과 조화는 삶의 특정 영역에 국한되는 것이 아니라 감정이나 성격, 수면, 식단, 운동, 일과 삶, 대인관계 등 두루 관통하는 개념이다. 조사에 따른 질문은 이러했다.

당신의 삶에서 여러 측면이 균형을 이루고 있다고 느끼는가?

당신은 흥미진진한 삶과 평온한 삶 중 어떤 것을 선호하는가?

자기 자신을 돌보는 데 더 집중해야 한다고 생각하는가, 아니면 다른 사람을 돌보는 데 더 집중해야 한다고 생각하는가?

이러한 질문에 우리는 과연 어떻게 답할 수 있는지 한번 생각해 보면 좋겠다. 이 보고서에 따르면, 나이, 결혼, 건강, 친구, 자유, 관대함 등이 삶의 균형감을 최소 5%는 증가시키는 요인으로 분석됐다고 밝혔다. 즉, 사람들은 심리적 균형과 조화가 이뤄진 상태를 행복으로 생각한다는 결론을 얻을 수 있다. 더불어 그 균형과 조화는 일뿐 아니라 주변의 여러 요소에도 마음을 내어줌이 필요하다는 것을 알려준다.

우리는 누군가의 아내이자 엄마, 혹은 남편이자 아빠이지만 그에 앞서 소중한 나 자신임을 잊지 말아야 한다. 자신을 뒤로 밀어두기보다는 오히려 나 자신을 먼저 살피는 것이 중요하다. 때로는 이기적일지라도 나의 필요와 감정을 우선시하는 용기를 가져보자. 그렇게 해야만 비로소 내면의 힘을 회복하고, 진정으로 소중한 것들을 더 잘 돌볼 수 있을 것이다. 미뤄 두었던 친구와의 약속도 잡고, 사춘기 아들이 가져온 엉망진창 성적표를 보고도 허허 웃을 수 있는 관대함도 가져보자. 그러면 날카롭게 얽혀 있던 내 삶이 조금은 유연하게 흐를 수 있지 않을까? 삶의 지향점을 나 자신으로 삼고 인생을 설계해 나가다 보면 분명 파랑새처럼 행복은 가까이에 숨 쉬며 나를 기다리고 있을 것이다. 일과 삶의 균형이 우리에게 건강하고 행복한 삶을 끌어내는 필수 요소임을 꼭 기억하자. 꿈을 향한 여정 속에서 따뜻한 차 한 잔에도 미소 지을 수 있는 해피엔딩의 주인공으로 살아가기를 진심으로 바란다. 균형 잡힌 삶을 통해 자신을 돌보며, 매 순간의 소소한 기쁨을 마음껏 누릴 수 있기를 희망한다.

내 마음이 가는 곳으로

서가영

우리에게는 모두 다 주어진 역할이 있다. 기본적인 삶을 영위하기 위해서 일을 할 것이고, 사회의 구성원으로 또 가족의 구성원으로 각자 위치에 따라 해야 할 것들도 있을 것이다. 그리고 개인적으로 추구하는 것들도 매번 다르게 생길 것이다. 그리고 그 역할을 해 나갈 때 선택의 순간은 언제나 온다. 그 선택의 순간마다 우리는 그 기준을 나에게 두어야 한다. 내가 행복하기 위해서, 내 삶이 좋은 방향으로 가기 위해서 우리는 구성원으로서 역할 또한 수행하고 있기 때문이다. 그러기 위해서는 나는 어떤 사람인지, 나다운 것은 어떤 것인지, 내 마음의 휴식을 주는 것들은 무엇이 있는지 잘 알아야 한다. 나 또한 나의 삶에서 위치가 있고 선택의 순간이 있다. 그리고 선택하면서 나를 기준으로 두지 않았던 경우도 있었다. 그런데 시간이 지나고 보니 그것이 오래도록 마음에 머물러 여전히 나를 괴롭히기도 한다. 좋은 사람이 되고 싶어서 눈 감고 넘어가는 일들이 나에게는 시간이 지나도록 잊히지 않는 일들이 되기도 한다. 내가 처해 있는 환경들은 내가 어찌할 수 없는 부분이다. 그러나 그 환경 안에서 행동하는 것은 다른 누구도 아닌 나이다. 나의 의지로 선택한 것이라면 결과가 좋지 않더라도 기꺼이 받아들일 수 있을 것이다. 만약 우산도 소용없을 정도로 비가 억세게 내리는 날 길거리를 지나가야 한다면 당신은 어떤 선택을 할 것인가. 어차피 젖을 것이니 천천히 지나가는 사람도 있을 것이고, 어떻게든 빨리 실내로 들어가고 싶어서 뛰는 사람도 있을 것이다. 이때다 싶어 비에 맞으며 신나게 달려가는 사람도 있을 것이다. 셋 중에 정답이 있을까. 없다. 사람마다 마음이 편하게 느껴지는 행동들은 다를 것이다. 정답은 사람마다 다르고 모든 기준은 내 마음이 편한 것으로 결정하면 된다.

누군가가 나에게 행복이 무엇이라고 생각하냐고 물어본 적이 있다. 나는 행복을 플러스 감정의 연속이라고 생각하지 않는다. 기뻤을 때 기쁨을 온전히 느끼고, 슬플 때는 슬픔에 빠져 헤어 나오지 못하는 그런 상황들이 적절하게 어우러져 0을 이룰 때 나는 그것을 행복이라고 생각한다. 그러기에 나에게 행복이란 단시간에 결정되는 것은 아니며 찰나의 감정도 아니다. 오히려 중요한 것은 기쁨, 슬픔이라는 단순한 단어들로 정의되지 않는 수많은 감정을 오롯이 느끼고 매 순간 그 감정을 인정하고 온전히 받아들이는 것이다. 아름다운 리듬은 강만 있고 약만 있는 것이 아니라 강과 약이 어우러지는 것이듯, 우리의 삶도 아름답기 위해서는 플러스의 감정과 마이

너스의 감정이 균형 있게 어우러져야 한다. 며칠 동안 감정이 마이너스에 있다고 하더라도 이는 모든 사람에게 일어날 수 있는 일이며, 이 일 또한 지나가고 잘 해결해 나갈 수 있다는 자신에 대한 믿음이 있다면 그것이 다시 발판이 될 것이다. 모든 인생에는 기쁨과 슬픔이 공존할 수밖에 없다는 것, 내 인생 또한 남들과 다르지 않다는 것에 대한 인정에서부터 우리는 시작해야 한다. 여전히 잘 산다는 것은 어떤 것인지, 내 삶은 어떻게 흘러가고 있는지 모르겠지만 그래도 대부분 그런 삶의 여정을 가고 있다는 것은 꽤 위로된다. 우리는 모두 다 그렇게 살아가고 있다.

그저 어른이 빨리 되었으면 좋겠다며 어른이 되면 멋진 날들만이 이어질 거라고 믿었던 환상을 가진 철부지를 지난 지 한참 되었다. 그러나 여전히 진정한 어른이 무엇인지는 모르겠다. 멋진 날들은 가만히 있으면 오는 것이 아니라 내가 만드는 것이고 열심히 살아도 안 되는 것도 있다는 것을 이제는 안다. 지금까지 우리는 나름대로 잘 살아왔다. 그리고 여전히 살아갈 날들은 많이 남았고 잘 살아갈 것이다. 남아 있는 내 삶이 어떤 방향으로 흘러갈지 아무도 모르지만, 지금까지 흘러온 내 삶을 나는 안다. 부와 명예, 직업 이런 것들로 내 삶을 단정 짓지 말고 모든 것들을 다 담고 있는 '나'라는 사람이 은은하게 빛날 수 있도록 정말 나답게 살아가 보자. 좋아하는 것이 있다면 기꺼이 누리고 힘들다면 잠시 내려놓고 그렇게 살아가 보자. 그래야 지치지 않고 균형 있게 살아갈 수 있다. 인생이란 결과로 이야

225

기되는 것이 아니라 우리가 살아가는 모든 순간의 총합이다. 그 순간의 조각들이 모여서 완벽한 그림이 되어야 하는 것이 아니라, 그 조각 중 맞지 않는 것들이 있더라도 조화를 이루는 과정이 인생일 것이다. 행복한 삶을 지향하며 모난 조각들도 잘 다듬어가며 그렇게 살아야 한다.

오늘 하루도 지나갔다. 일터에서 하루 일을 마무리하며 생각해 본다. 나에게 맞는 일을 하며 사는 것은 참으로 가치 있는 일이지만 가치의 값은 매우 비싸서 하루도 쉽게 넘어가는 법이 없다. 머리가 지끈거리지만, 아이들의 시답잖은 농담을 생각하니 피식 웃음이 나온다. 해는 졌고 지인들과 오늘 하루를 공유하며 나만 그런 것이 아님에 안도하고 위로를 받는다. 그리고 내일이 주말이라는 별것 아닌 것만으로도 기분이 전환된다. 보통의 하루다. 당신은 오늘 어떤 하루를 보냈는가. 그리고 요즘 어떤 날들이 이어지고 있는가. 혹시 양팔 저울 위 균형을 이루던 감정의 접시가 한쪽으로 기울어지지는 않았는가. 감정의 접시가 많이 기울어져 균형을 이루지 못할 것 같은 답답한 날들이 이어진다면 반대쪽 접시에 내가 좋아하는 것들을 하나씩 올려보자. 소소한 무게의 것들도 올려보고 과감하게 나의 힘듦을 덜어줄 수 있는 것들도 올려보려고 시도해 보자. 당장 균형을 이루지 않아도 된다. 시간을 두고 조금씩 하나씩 보태고 더하면서 마음의 균열을 매만져보고 나를 응원도 해보자. 만약 감정의 접시가 좋은 감정들로 가득 차서 주변을 둘러볼 여유가 생긴다면 그때 내 주변 사람들에게 위로가 되어보자. 그

걸 잘 아껴두고 포장해 두어 힘들 때 꺼내보는 것도 좋다. 지금 너무 행복하다고 삶을 오만하게 보지도 말고 불행하다고 삶을 포기하지도 말고 행복한 대로, 우울한 대로, 그저 그런대로 내 감정에 충실하게 살다 보면 그것이 나만의 아름다운 인생길이 될 것이다. 완벽한 균형을 이루는 삶보다 약간의 불균형들이 보이는 삶이 더 매력 있을 수 있으니까.

나답게 살아가기

유소정

우리는 살면서 다양한 역할을 맡게 된다. 회사에서의 역할, 부모로서 해야 할 역할, 자식의 역할 등. 내가 마주한 상황에 따라 다양한 역할을 주고 이에 성실히 임한다. 하지만 이렇게 다양한 역할을 아무런 저항 없이 받아들이다 보면 점차 나다움을 잊어간다.

그렇다면 나다움이란 무엇인가? 남과 구분되는 나만의 생각과 느낌 즉 나의 정체성이다. 나다움이 잘 형성되어야 외부 자극이 들어와도 자신만의 입장과 소신을 지킬 수 있다. 내가 중심에 서야 나를 보호할 수 있고, 상대에게도 진정으로 공감할 수 있다. 그렇듯 나다움은 살아가는 데 중요한 요소이다.

올해 봄, 내 마음이 가장 힘든 시기 번아웃이 찾아왔다. 좋아하는 일에 열정을 쏟아붓다 과부하에 걸려버렸다. 머릿속은 까만 화면으로 정지된 채 모든 전원코드가 뽑혀버린 느낌이었다. 좋아하는 일로 열심히 살았는데 왜 이런 일이 일어나는 걸까? 돌이켜보면 좋아하는 일만 했던 것은 아니었다. 생각지 못한 부가적인 업무도 많았다. 그때는 몰랐지만 지나고 보니 내가 아닌 억지로 타인에게 맞추며 해내야 하는 일이 더 많았다. 예상치 못한 현실과 이상의 괴리감으로 힘들었다. 이겨 내보고 싶었다. 하지만 아무것도 할 수 없었다. 번아웃은 의지로 해결되는 문제가 아니었다. 병원을 갈까 싶었지만, 언제까지 약의 힘을 빌릴 수는 없다고 생각하여 책을 하나씩 펼쳐 보기 시작했다. 가장 내 이목을 끈 것은 한 작가의 이야기였다. 그의 직업은 글을 쓰는 것이었다. 당연히 글을 쓰는 행위 자체가 너무 즐거워 직업으로 가지게 되었다. 그런데 막상 직업으로 가져보니 좋아하는 글만 쓸 수가 없었다. 돈을 벌기 위해서는 대중들의 관심 주제에 맞춰 글을 써야 했고 촉박한 마감 기한도 존재했다. 타인의 요구가 자신의 자리보다 커지는 것을 느끼면서 큰 괴리감을 느꼈고 결국 번아웃에 이르렀다. 그 작가는 한동안 글을 멈추고 현실과 이상 사이의 균형을 찾기 위해 시간을 보냈다. 바다로 향했다. 탁 트인 바다를 바라보며 파도의 움직임을 한없이 응시했다. 끝없는 바다에 비해 자신의 걱정, 힘듦이 세상 작게 느껴졌다. 점차 자신의 상황을 객관적으로 바라보았다. 이따금 다시 번아웃이 찾아올 때면 바다를 찾는다. 작가는 바다를 찾는 것이 삶의 균형을 맞추는 방법이라고 한다. 결국 그렇게 균형을 찾아가며 조금씩 안정을 찾기 시작했다.

이처럼 좋아하는 것이 있다면 싫어하는 것도 당연히 있고 내가 해야 할 일들도 있는 것이다. 그 사이에서 적절한 균형을 찾아야 한다. 또한 이 모든 일들이 모여 나다움을 만들어 내는 것이다. 이 사실을 인정하고 일하면 삶이 주체적으로 변한다. 그렇게 나라는 존재를 한층 더 성장시킨다. 이후 나는 적절한 균형을 찾았고 나다움을 찾아갔다. 간혹 번아웃이 찾아오더라도 그 또한 지나가리라 믿고 책에서 배운 다양한 방식으로 극복해 나가기 시작했다.

다양한 방식 중 하나, 필라테스를 시작했다. 건강을 챙기는 것 또한 나라는 존재를 단단하게 만드는 데 일조한다. 나는 매사 성격이 급하다. 그래서 일을 일사천리로 빠르게 하는 것은 좋으나 서두르다 실수하는 경우가 많다. 필라테스는 정적이면서도 집중을 요구하는 운동이다. 필라테스의 동작 중 '헌드레드'가 있다. 처음 매트에 등을 대고 눕는다. 천천히 심호흡하며 허리를 들어 올린다. 시선은 배꼽을 바라보며 자세가 흐트러지지 않도록 집중한다. 힘든 자세에 호흡이 가빠오지만 이겨내며 다시 천천히 허리를 내리며 돌아온다. 느린 움직임 속에 온몸의 근육이 느껴진다. 급하게 하면 느낄 수 없는 느낌이다. 일주일에 두 번 꾸준히 수업하였더니 내 안의 성급함이 조절할 수 있게 바뀌었다.

또 이른 아침, 잠들기 전에는 항상 책을 읽었다. 아침을 책으로 열면 하루를 활기차게 살 수 있었고, 잠들기 전에 읽은 책은 내일이라는 미래를 기대하게 했다. 내가 판단하기에 어려운 일들도 책 속 다양한 선생님들의 교훈을 통해 지혜롭게 헤쳐 나갔다. 그러다 보니 인생의 진리를 조금씩 깨달을 수 있었다. **이렇듯 독서는 나다움을 키우는 데 중요한 역할을 한다.** 독서를 할 때면 있는 그대로의 나를 마주할 수 있다. 누군가의 시선, 평가 없이 오로지 내 눈이 가는 데로 읽고 생각하는 과정이 나를 만든다. 독서는 다른 사람들의 경험을 통해 내가 알지 못했던 세상까지 넓게 볼 수 있다. 생각지 못한 경험과 느낌들로 나에게 교훈을 주기도 한다. 인생의 다양한 삶을 먼저 겪은 사람들의 이야기가 나의 지침서가 되어 올바른 길로 나갈 수 있도록 인도한다. 그렇게 내 안의 기준과 생각이 더욱 단단해진다.

누구에게나 나다움을 잃어버리는 순간, 번아웃이 오는 순간이 찾아오기 마련이다. 이때 좋아하는 것만 하고 살 수 없다는 슬픔과 좌절감이 나다움을 잃어버리는 것이라는 착각에 빠지게 한다. 우리는 이러한 감정이 매번 들이닥칠 때마다 방어하기란 쉽지 않다. 그래서 억지로 방어하는 게 아닌 받아들여 보며 나라는 주체를 갖고 중심이 되어 생각해 볼 필요가 있다. 그게 나다움을 찾아가는 방법이고, 삶의 균형을 맞추어 가는 과정이다. 균형이 있는 삶이란, 마치 초등학생 시절 급식 판과 같다. 급식 시간만 되면 밥 먹을 생각에 기분이 좋다. 좋아하는 고기 음식을 식판에 담을 때면 더없이 행복하지만 시고 매운 김치를 함께 받아야 한다는 것은 절망적이다. 하지만 결국 이 둘의 섭취가 곧 건강하고 온전한 나를 만들어 낸다. 그리고 취미로 운동도 함께 해준다. 다음에 어떤 음식이 나와도 맛있게 먹을 수 있도록.

삶에서도 좋아하는 일과 싫어하는 일을 함께 받아들이며 살아가는 것이 중요하다. 그렇게 균형을 이루며 나를 지켜나가고 성장해 나가는 것이 바로 균형 있는 삶이 아닐까?

배우며 균형을 이뤄가는 삶

이하나

처음 일을 시작하는 신입사원은 모든 일이 서툴고 어렵다. 쉬운 일도 익숙하지 않아 잦은 실수에 혼나기도 하고 무서운 상사를 만나기라도 하면 하루하루는 긴장의 연속이다. 일을 배우는 과정은 어려운 수학 문제를 풀어가듯 어렵기만 하다. 하지만 분명 그 속에서만 느낄 수 있는 즐거움도 존재한다. 작은 성취에 기뻐하고 작은 칭찬도 날아갈 듯 기분이 좋아진다. 이 성취감과 기쁨이 동력이 되어 앞으로 나아간다. 하지만 시간이 지나고 일이 조금씩 익숙해지면서 우리는 슬슬 권태라는 구렁에 빠지기 시작한다. 서당개 삼 년이면 풍월을 읊는다는 것처럼 한 가지 일을 오래 하다 보면 어느 정도 경지에 오른다. 어떤 일의 전문가가 된다는 건 어느 정도 인정받는 위치에 올랐으며, 올라갈 곳도 얼마 남지 않았다는 것을 의미한다. 이미 충분히 열심히 달려왔고 성장해 왔기에 한계에 다다른 것이다. 그 말은 일이 편해지고 쉬워진다는 것과 동시에 지겹고 뻔해진다는 뜻이기도 하다. 좋은

233

결과에도 더 이상 행복함을 느끼지 않는다. 처음의 열정과 설렘은 사라지고 일에서는 의미를 찾기 어려워진다.

픽사의 애니메이션 〈인사이드 아웃〉에서 주인공 라일리는 "어른이 된다는 건 기쁨이 줄어든다는 것"이라고 말한다. 놀이터에서 뛰어놀기만 해도 즐겁고, 흥미진진한 일들이 펼쳐지던 어린 시절은 끝났다. 나를 찾고, 배워갈 기회나 경험이 많은 10대와 달리 어느 정도 할 일이 정해지고 가야 할 길이 보이는 우리는 점점 몸을 사리고 모험할 기회는 사라진다. 더 이상 일상에 자극은 없고 아무런 호기심이 생기지 않는다. 그렇게 웃음은 점점 사라져 간다. 내가 좋아하는 일과 직업을 찾아 헤매던 인생의 전반부와는 달리 지금부터는 어떤 즐거움을 주어야 할까? 요즘은 흔히들 삶의 균형을 맞춰야 한다고 한다. 단지 일을 줄이고 쉰다고 해서 저절로 삶의 균형이 맞춰지는 것은 아니다. 내 머릿속은 스트레스로 가득한 상태인데 침대에 누워 있다고 갑자기 마음이 편해지거나 일상이 즐거워지지 않는다. 그저 일시적인 회피일 뿐이다. 무기력하고 무의미한 일상이 계속된다면 새로운 시도가 필요하다는 신호가 아닐까? 이럴 때는 일이 아닌 다른 곳에서 배움을 계속해 나가보자. 그 속에서 자아실현의 기쁨, 성취의 기쁨을 맛보아야 한다. 구석구석 숨겨진 인생의 즐거움을 보물찾기하듯 열심히 직접 찾아 나서야 한다.

며칠 전 남편의 골반 통증으로 찾은 병원에서 벽면을 가득 채운 색소폰 사진과 기사들을 보았다. 일과 음악을 사랑하는 남자라는 제목으로 된 인터뷰 기사였다. 평소 색소폰을 좋아하는 나는 흥미가 생겨 더 유심히 읽어 보았다. 대충 바쁜 일상에서 좋아하는 일을 하면서 지친 마음을 회복해 나간다는 내용의 기사였다. 의사 직업 특성상 스트레스도 많고, 일도 힘들 텐데 자신만의 돌파구를 찾아가는 모습이 멋져 보였다. 수술실 안에서 환자를 집도하는 사진과 대비되는 색소폰을 부는 사진은 둘 다 다른 매력으로 넘쳤다. 좋아하는 일에 몰입하는 사람의 눈은 별처럼 빛났다. 이렇듯 내가 하는 일을 확장시켜 나가는 것도 좋지만 일과 전혀 상관없는 곳에서 찾아봐도 괜찮다. 완벽하게 잘하지 않아도 괜찮은, 타인의 평가에서 벗어나 작은 일에도 성취를 맛볼 수 있는 일로 도전하는 건 어떨까? 찌뿌둥하게 누워 있던 침대에서 일어나 배움이라는 창문을 활짝 열어보자. 일에서 받은 스트레스를 분산해주고 한쪽으로만 매몰되어 있던 일상에 맑은 공기를 불어 넣어 줄 것이다.

나는 독서 학원에서 아이들 가르치는 일을 하고 있다. 좋아하는 일을 찾아 선택한 직업이지만 마냥 웃는 날만 있을 수는 없다. 내 뜻대로 움직여지는 날보다 나를 작아지게 하는 날이 더 많다. 부족한 내 모습에 속상하기도 하고, 넘치는 일에 가끔은 산을 오르는 것처럼 벅차 기도한다. 그래서 시작한 필라테스, 골프, 피아노와 같은 배움에 도전하는 시간은 나를 내면이 단단한 선생님이 될 수 있게 도와준다. 자세 교정을 위해 시작한 필라테스 수업은 간단한 스트레칭 후 점점 어려운 자세로 흘러간다. '정말 못하겠다.' 말이 턱 끝까지 차오를 무렵이면 수업이 마무리되고 모든 조명을 끄고 명상의 시간을 갖는다. 그 시간을 무엇에 비할 수 있을까? 수업하다 보면 일 때문에 헝클어진 생각들도 깨끗하게 비워지고 몸과 마음이 개운해진다. 아직 갈 길은 멀었지만 안 되던 자세가 조금씩 되기도 하고, 어제보다 나아지는 내 모습을 발견하는 것도 큰 기쁨이다. 게다가 건강까지 좋아지고 있으니 일석이조인 셈이다. 남편의 권유로 시작한 골프는 고백하자면 성취감보다는 좌절감을 맛보게 했다. 하지만 이 좌절감이 동력이 되어 내가 연습에 몰두할 수 있도록 만들어 주었다. 잘하고 싶은 마음은 가득한데 생각처럼 잘되지 않았다. 포기하고 싶다가도 어쩌다 한번 공이라도 잘 맞은 날이면 여간 기쁠 수가 없었다. 처음 골프를 배울 때는 온몸에 힘을 가득 주고 세게 치려고만 했다. 그랬더니 공은 더욱 빗나가고 잘못 맞아 온몸이 아팠다. 온몸에 힘을 빼야 공은 오히려 더 멀리 날아갈 수 있다는 단순한 진리를 깨닫고 나서부터 힘을 빼는 일에 집중하려고 노력하고 있다. 첫 번째 티샷을 칠 때면 긴장과 설렘이 몰려와 심장은 터질 듯 쿵쿵댄다. 다른 생각은 잠시 멈추고 온 신경을 이 순간에만 집중한다. 왼발에 공을 두고 자세를 잡고 상체에는 힘을 빼고 어깨와 회전하며 공을 부드럽게 지나가는 느낌으로 쳐준다. 드라이버에 공이 정확히 맞은 순간 '쨍' 하는 타격음을 내며 공은 포물선을 그리며 새처럼 자유롭게 날아간다. 그럴 때면 온몸에 전율이 돌고 기분 좋은 성취감이 몰려온다. 골프는 나를 겸손하게 만들어 주고 또 행복하게 만들어 주기도 했다. 어릴 때부터 피아노 치는 걸 좋아했는데 오랫동안 치지 않다가 용기를 내 다시 시작했다. 피아노 학원 문을 두드리던 날 다 잊은 줄 알았던 음계가 조금씩 생각났고, 마음씨 좋은 선생님의 폭풍 칭찬에 내 기분은 하늘을 날아다녔다. 요즘 연습하고 있는 곡은 〈포레스트 검프〉 OST인데 서정적이고 아름다운 멜로디가 내 마음을 울린다. 내가 치는 음들이 연결돼 어느 순간 한 곡의 음악을 만드는 것도 좋고 피아노를 치는 순간이면 소용돌이처럼 폭풍 치던 내 감정도 어느 순간 잔잔하게 잦아들곤 했다. 이유를 알 수 없이 슬프고 우울한 날도 가만히 악보에 집중하면서 천천히 연습하다 보면 내 마음에 묵혀 있던 케케묵은 감정은 훨훨 날아가고 산뜻한 감정으로 채워진다.

배움은 일로만 가득했던 내 머릿속을 휴지통처럼 깨끗이 비워주고 새로운 설렘과 즐거움으로 다시 채워 주었다. 배움에 몰입하는 순간 나는 완전한 초보자의 자세로 하나씩 배워가며 작은 성취감을 느낄 수 있었다. 이렇게 얻어진 자신감은 일할 때도 긍정적으로 발휘되었다. 무게 중심을 살짝 옮겼을 뿐인데 일과 삶의 균형이 자연스럽게 맞춰지고 단순한 휴식보다 훨씬 큰 만족감을 느끼게 해주었다. 다리가 하나인 테이블은 무너지기 쉽다. 하지만 다리가 여러 개인 테이블은 하나가 부서져도 쉽게 무너지지 않는다. 다리 하나가 일이라면, 나머지 다리는 배움의 도전으로 채워보면 어떨까? 일이 더 이상 즐겁지 않을 때 일이 아닌 다른 곳에서 즐거움을 찾아보자는 말이다. 배우고 도전하는 삶이 일뿐인 일상에서 벗어나게 도와주고 긍정적인 기운을 불어넣어 줌과 동시에, 삶의 균형 또한 맞춰줄 것이다. 그러니 배움에 도전해보자. 어떤 배움이든 그 속에서 삶의 활력을 얻을 수 있을 것이다.

지치지 않고 나답게 살고 싶은 당신에게 전하는
독서 코칭 전문가의 한마디

자아실현 개념의 확장 | 감요셉

당신은 다채로운 사람입니다. 어떤 한 가지 특정 요소가 당신을 대표할 수 없습니다. 열심히 일하고, 가족과 함께 시간을 보내고, 좋아하는 것을 많이 만들고 즐겨보세요. 자아실현의 개념이 확장될수록 당신의 삶은 다채롭고 행복할 것입니다.

비우고 채우는 것이 균형이다 | 구숙경

꿈을 가득 채우고 비워냈습니다. 다시 새로운 꿈을 차곡차곡 채우고 있습니다. 이 꿈도 다 채워지면 다음엔 무엇을 채울지 가슴이 설렙니다.

자기 존중 | 김원영

그동안 바쁘고 힘든 일상 속에서 뒤로 미뤄두었던 나를 챙기고 존중해주는 시간이 필요합니다. 더 이상 다른 사람을 위해 나를 미루지 말고, 자신을 먼저 생각하는 용기를 가져보세요. 그리고 자신의 가치를 인정하고, 작은 변화부터 시작해 보세요. 행복은 멀리 있지 않습니다.

'나'를 찾는 여정 | 김정은

마음이 힘들 때 '총량의 법칙'을 떠올립니다. 힘든 순간도, 기쁜 순간도, 인생의 모든 순간에는 총량이 정해져 있어 일정한 균형이 맞춰진다고 생각하는 거예요. 우리는 누구나 다 이별을 하고 성공과 실패의 순간들을 경험합니다. 맞이하는 시기만 다를 뿐이지요. 이 과정들을 '나'를 찾는 여정이라 생각하고 함께 걸어가 보는 건 어떨까요? 많은 역할의 '나'와 고군분투하고 있을 당신, 오늘 하루도 고생했어요.

소소한 행복 | 김혜진

나의 한계를 벗어나지 않는 나만의 리듬을 만들어 매일 조금씩, 꾸준히 나아가 보면 어떨까요? 일상의 작은 성취감을 모아 일정량의 행복을 마음에 채워보세요. '아주 보통의 평범한 하루'가 매일 반복되고 쌓이는 삶을 응원합니다.

사실 가만히 머무는 것처럼 보이지만 우리는 요동치고 있어요. 누군가를 만나며 휘청거리기도 하고 성장하기도 하지요. 당신은 하루하루 위대한 힘을 발휘하며 살아가고 있어요. 삶의 균형을 찾아가는 열쇠도 이미 당신이 쥐고 있어요. 잊지 말아요. 당신이 가진 그 위대한 힘을!

삶은 더하기로만 채워지는 것은 아닙니다. 때로는 내려놓고 비워내는 과정을 통해 진정한 균형과 행복을 찾을 수 있습니다. 삶의 여러 요소를 조화롭게 챙기는 것이야말로 진정한 행복의 시작입니다. 그 균형이 당신을 더 단단하게 만들어 줄 것입니다.

행복에 대한 사람들의 생각은 다양합니다. 고대 철학자부터 시작해 수많은 사람이 행복에 대한 다양한 정의들을 내리고 있지만 정답은 없습니다. 균형 잡힌 삶 또한 절대적인 정답은 없지요. 내 마음이 편하다면, 내가 행복하다면 나름대로 균형을 잡아가며 사는 것일 겁니다. 당장 균형을 이루지 않아도 괜찮습니다. 완벽한 균형을 이루는 삶보다 약간의 불균형들이 보이는 삶이 더 매력 있을 수 있으니까요. 행복하게 살아갑시다, 우리!

좋아하는 일과 해야 할 일 사이에서 균형을 찾는다면, 어떤 나다움을 만들어 갈 수 있을까요? 스스로를 인정하며 진정한 나로 성장하는 여정을 시작해 보세요.

"배우고 익히면 즐겁지 아니한가." 공자는 『논어』에서도 배움의 즐거움을 강조해 왔습니다. 배움은 세상을 깊게 탐색하게 하고 우리를 성장시킵니다. 눈을 반짝이며 세상을 배워가던 어린 시절처럼 배움으로 새로운 꿈을 꾸며 살아가길 응원합니다.

마치는 글

┌─ 감요셉

    이 책에는 열 명의 이야기가 담겨 있습니다. 그 이야기 속에는 각각의 경험과 아이디어와 메시지가 담겨 있습니다. 우리들의 다채로운 이야기를 통해 당신의 삶에 새로운 아이디어와 추진력이 더해지기를 바랍니다. 당신은 다채로운 사람입니다. 이 책을 통해 당신의 삶이 지금보다 다채로워지길 바랍니다. 지금 당장 나다운 것이 무엇인지, 내가 좋아하는 것이 무엇인지 찾아 나서길 바랍니다. 그 순간 당신은 더 이상 독자가 아닌 저자가 되어 자신의 이야기와 메시지를 만들어 나갈 수 있습니다. 언젠가는 당신의 이야기를 또 다른 누군가에게 전해주길 바랍니다.

┌─ 구숙경

생 텍쥐페리의 『어린 왕자』에서 어린 왕자는 우연히 아름다운 장미가 가득한 정원을 보고, 이제껏 단 한 송이의 장미를 갖고 부자라고 생각했던 자신이 초라해져서 흐느껴 웁니다. 여우는 제대로 보려면 마음으로 봐야 한다고 말해줍니다. 중요한 것은 눈에 보이지 않는다고. 마침내 어린 왕자는 마음을 쏟아 길들인 장미의 소중함을 깨닫고 자기 별로 돌아갑니다. 사람들은 바로 곁에 있는 소중한 것을 잘 잊어버립니다. 가까이 있는 소중한 것을 다시 한번 생각하는 시간이 되었으면 좋겠습니다. '나'를 포함해서.

┌─ 김원영

번아웃은 우리 모두가 한 번쯤은 마주할 수 있는 삶의 고비입니다. 그 무게에 짓눌려 주저앉을 수도 있고, 잠시 숨을 고르며 다시 일어설 수도 있습니다. 중요한 것은, 번아웃이 나약함이 아니라 우리가 더 나은 방향으로 나아가기 위한 신호라는 점입니다. 번아웃이 찾아올 때 부정하거나 억누르기보다, 잠시 멈춰서 나의 몸과 마음을 깊이 들여다보세요. 이 책을 통해 나 자신을 돌보고 지키는 시간이 얼마나 소중한지 깨닫게 되기를 바랍니다. 삶의 여정에서 힘을 잃지 않고 자신만의 리듬을 찾아가는 여정을 응원합니다.

마치는 글

┌ 김정은

숨표는 악보에서 쉼표가 없는 곳에서 숨을 쉬라는 의미의 기호입니다. 곡에서 중요한 마디는 꼭 숨을 고르고 쉬어간 뒤 연주합니다. 우리 인생도 마찬가지입니다. 중요한 순간에 쉬지 않으면 박자를 놓치는 것처럼 작은 쉼과 숨은 다음 마디를 위해 꼭 필요합니다. 우리의 글이 작은 숨표이면 좋겠습니다. 잠시 멈추고 쉬어가는 길에 우리의 메시지들이 작은 위로가 되었다면 그것으로 충분합니다. 지금도 온 힘을 다해 나를 지켜봐 주고 있을 엄마에게 이 책이 닿기를 간절히 바랍니다.

┌ 김혜진

'살짝 핸들을 꺾어볼까? 다치지 않을 정도의 가벼운 사고로, 딱 일주일만 아무 생각 없이 병원에 누워 있고 싶다.' 어느 날 남편이 집에 오는 길에 잠깐 했던 생각이라며, 휴직하고 싶다는 깊은 속이야기를 꺼내놓습니다. 가슴이 철렁 내려앉는 순간도 잠시, 이렇게 마음의 신호를 알아차리고 내려놓는 순간을 마주하기가 쉽지 않았을 텐데 얼마나 다행인가 싶습니다. 우리는 누구나 마음에 힘을 잔뜩 주고 하루를 살아갑니다. 열 명의 작가가 들려주는 이야기가 이 페이지를 읽고 있을 독자들의 마음에 연료가 되어 채워지길 바랍니다. 쉬어가도 괜찮아요.

나혜영

모든 사연은 이어져 있습니다. 고요히 내 마음, 내 주변을 바라보면 내가 당신이고, 당신이 나일 때가 많습니다. 단순히 세상 사는 이야기가 비슷하다는 말을 하고 싶은 건 아닙니다. 누군가의 시선으로 나와 타인의 삶을 비교하는 방식이 아닌 나의 사연에 오롯이 집중하자는 이야기입니다. 그때 더 선명해진 내가 보이고 타인도 보이기 시작합니다. 자신을 옭아매지 말고 자신의 힘을 긍정하자는 이야기입니다. 당당하게 머리를 들고 향기로운 날갯짓을 하는 당신! 어떤 곳이든 자유롭게 넘나드는 삶을 살기를 바랍니다.

백경원

참 소중한 시간이었습니다. 여러분과 나누고픈 생각의 종잇조각들을 하나 둘 붙여나가다 보니 저 또한 삶의 나침반을 찾은 듯합니다. 이제는 길을 잃고 헤매는 일도 없고 어떤 선택을 해야 할지 망설이지 않아도 될 것만 같습니다. 여러분 삶의 나침반도 분명 마음속에 존재합니다. 그 나침반을 이용해 우리에게 끊임없이 말을 걸어오는 세상을 향해 자신 있게 응답해 나갔음 합니다. 공기처럼 의미 있는 삶으로 모든 틈 사이사이에 살아 숨 쉬며 삶의 순간순간을 멋지게 만들어 나가길 바라겠습니다.

244

┌ 서가영

"익숙함에 속아 소중함을 잃지 말자."라는 말이 있습니다. 이 말을 다시 찬찬히 살펴보면 삶에서 소중한 것들은 특별하고 거창한 것들이 아니라 일상에 당연히 스며들어 있는 것들이라는 의미입니다. 나에게 가장 익숙한 것은 '나'입니다. 나를 위해 바쁘게만 살아가지 말고 한 번씩 여유를 주세요. 앞만 보고 달리지 말고 들꽃도 한 번 바라보고 바람결도 느껴보고 때로는 걸어 보세요. 자신에게만 너무 엄격한 잣대를 대지 말고 그럭저럭 흘러가는 대로, 지나가는 대로 살아봅시다. 여러분의 '그럭저럭' 살아가는 삶을 응원합니다.

┌ 유소정

이 글이 번아웃을 겪고 있는 여러분에게 작은 쉼터가 되었기를 바랍니다. 번아웃은, 마치 길을 잃은 여행자처럼 우리를 지치게 하지만 잠시 멈춰서 숨을 고르면 길이 다시 보이기 마련입니다. 한 걸음씩 천천히 나아가다 보면 다시금 새로운 에너지를 얻을 수 있을 것입니다. 번아웃은 성장이 멈춘 것이 아니라 잠시 재정비하는 시간입니다. 이 글을 통해 잠시 쉬어가며, 여러분의 여정이 다시 밝은 길로 이어지기를 바라며 각자의 속도에 맞춰 나아가기를 진심으로 응원합니다.

┌─ 이하나

번아웃은 모든 에너지가 소진되어 버린 상태입니다. 아무리 노력해도 지치고 무력한 감정이 드는 시기입니다. 우리는 때로 네잎 클로버처럼 특별한 행운만 찾으려 애쓰다 세잎 클로버가 주는 평범한 행복을 잊어버리곤 합니다. 하지만 세잎 클로버처럼 일상의 평온함과 작은 행복이야말로 번아웃을 이겨내는 충분한 힘이 될 수 있습니다. 가까이 있는 평범함 속에서 소중함을 찾는 순간 우리는 번아웃의 미로에서 출구를 향해 나아갈 힘을 얻을 것입니다.